엄마, 죄송해요
사랑을 몰라서

엄마, 죄송해요 사랑을 몰라서

ⓒ 황용석, 2025

초판 1쇄 발행 2025년 1월 21일

지은이   황용석
펴낸이   이기봉
편집   좋은땅 편집팀
펴낸곳   도서출판 좋은땅
주소   서울특별시 마포구 양화로12길 26 지월드빌딩 (서교동 395-7)
전화   02)374-8616~7
팩스   02)374-8614
이메일   gworldbook@naver.com
홈페이지   www.g-world.co.kr

ISBN   979-11-388-3921-1 (03810)

엄마, 죄송해요
사랑을 몰라서

황용석 에세이

좋은땅

아버지 황윤영과 어머니 김부순을
추모하며 이 책을 바칩니다.

시작하는 말

산이란 우리에게 무엇일까요. 도시 저편에 있는 산은 도
시 사람들을 재충전시켜 주는 그 이상의 의미가 있습니다.
산은 제 잔뼈가 굵어진 곳입니다. 그래서인지 산은 언제나
저를 위안해 주었다는 생각이 듭니다. 자연의 여러 곳이 서
로 다른 사람들을 포용하듯 산은 저를 품어 주었습니다. 처
절했던 순간이 많았지만, 잊을 수가 없습니다. 이와 함께 산
은 제게 그리움을 안겨 주는 곳으로 가슴속 깊이 새겨져 있
습니다.

할아버지가 살던 곳은 충북 충주읍이었습니다. 1920년
대에 할아버지는 오늘날의 자연인들처럼 산골로 가셨습니
다. 가족을 데리고 말입니다. 100여 년 전의 산골은 지금과
는 비교할 수 없을 만큼 열악한 환경이었을 것입니다. 그런
곳에서 가족들 특히 할머니의 삶은 얼마나 처절했을까 상
상이 되지 않습니다.

그로부터 40여 년이 지난 1960년대에는 이촌향도(移村
向都)라는 말이 유행했습니다. 시골 사람들은 너도 나도 집

과 토지를 버리고 도시로 떠나갔습니다. 그중 일부는 다시 귀향하기도 했지만 대부분 도시에 정착했습니다. 그러니 도시는 더욱 비대해지고 시골은 빈집이 늘기 시작했습니다. 그런 현상은 오늘날까지도 여전합니다.

가물에 콩 나듯 어쩌다 도시에서 시골로 이주하는 사람만으로 이도향촌(移都向村)을 기대할 수는 없었습니다. 그 무렵 아버지는 할아버지보다 더 깊은 산골로 가셨습니다. 당연히 엄마의 삶은 고난의 연속이었습니다. 엄마는 일찍 세상을 떠난 할머니를 대신하셨습니다. 게다가 아버지 징용과 6.25전쟁 참전 와중에 여섯 자식을 잃었습니다. 엄마가 낳은 아홉 자식 중 겨우 셋이 살아남았습니다.

10여 년 전부터 자연인이라는 말이 유행하기 시작했습니다. 「나는 자연인이다」라는 TV 프로그램은 도시에서 상처받은 사람들이 산골에 스며들어 살아가는 이야기를 들려주었습니다. 그 프로그램은 중년 남성들의 호응에 힘입어 시청률이 5퍼센트나 된다고 합니다.

산골에서 자연인으로 살아가는 사람들은 대체로 행복해 보였습니다. 물론 자연인이라고 해서 도시의 삶과 완전히 단절하고 자급자족하며 사는 것은 아니었습니다. 그렇지만 도시의 묵은 때를 씻어 버리고 산골에 동화되어 살아가는 모습은 두고두고 잔상으로 남았습니다.

　오래전부터 할아버지와 아버지가 왜 산골로 가셨을까 궁금했습니다. 두 분 모두 사라진 지금 그저 추측해 볼 뿐입니다. 최근에 저도 할아버지와 아버지처럼 산골로 갔지만 저는 혼자였습니다. 3대 100년 동안 이어지는 산골살이는 할머니와 엄마의 실체가 사라지는 과정이었습니다. 살아가려는 몸부림은 할머니와 엄마의 몸과 마음에 지울 수 없는 흔적을 남겼습니다.

　저는 할머니와 엄마의 희생으로 자랐는데 그 은혜를 잊고 있었습니다. 예순 살이 넘도록 부모님의 사랑을 몰랐는데도 아는 척하며 살아왔습니다. 진실보다는 거짓으로 이어진 순간이 너무 많았습니다. 이제는 그것을 되돌릴 수 없는 과거의 일로만 남겨 둘 수 없었습니다. 나아가 그것을 살아가면서 어쩌다 보니 그리고 어쩔 수 없이 그랬다는 식의 변명도 어렵게 되었습니다.

　부모님은 늘 미안해하셨습니다. 그래서인지 제가 엉뚱한 일을 저질러도 꾸중보다는 당신 잘못으로 돌렸습니다. 그 당시 또래의 아이들은 거의 모두 매를 맞고 자랐습니다. 그런데 저는 매는커녕 욕도 거의 먹지 않고 어린 시절을 보냈습니다. 제가 부모님 눈에 거슬리는 짓을 하지 않았다는 게 아닙니다. 부모님 두 분 모두 늘 저를 애틋하게 바라보았습니다.

어느 날 술에 취한 아버지가 엄마와 말씀하시던 중에 할아버지를 향한 푸념을 쏟아 냈습니다. "아버지는 참 이상도 하셔. 손자가 공부도 곧잘 하고 말도 잘 듣는데 칭찬 한번 없으니……." 그리고 아버지는 가끔 독백하셨습니다. 산골에 살다 보니 잘 먹이지도 입히지도 못했다며 자책하셨습니다. 게다가 등하굣길도 부모님 근심거리에 더해졌습니다. 초등학교는 산속 숲길 2킬로미터, 중학교는 산속 숲길과 들길 16킬로미터, 고등학교는 무려 500킬로미터가 넘는 거리였습니다. 그래서 할 수 없이 중학교는 하숙을, 고등학교는 기숙사 생활을 하게 되었습니다. 수시로 편지를 주고받았지만, 물리적인 거리는 부모님이 항상 마음을 놓을 수 없게 만들었습니다.

부모님은 항일 시기와 6.25전쟁으로 삶과 죽음을 넘나드는 순간을 여러 차례 맞이하였습니다. 그 누구라도 그런 극한 상황을 겪고 나면 감춰져 있던 본성이 적나라하게 드러나게 마련입니다. 그런데 저는 부모님에게서 그러한 모습을 거의 찾아볼 수 없었습니다. 저는 자라면서 아버지로부터 9년의 징용과 3년의 6.25전쟁 참전에 관한 말씀을 거의 들지 못했습니다. 그저 가슴속에 꼭꼭 숨겨 놓았습니다. 엄마 또한 돌아가시기 3년 전 즈음에야 겨우 그 이야기의 일부를 제게 들려주셨습니다.

1부와 2부에서는 아버지와 엄마의 사랑을 반추해 보았습니다. 글을 쓰며 눈물을 떨궜습니다. 아버지의 40주기, 엄마의 10주기가 지나가고 있지만, 아직 마음의 정리가 덜 되었던 모양입니다. 3부에서는 어릴 때의 추억을 돌아보았습니다.

바람을 맞고 있는 나무의 탄식이 생각납니다. "나무는 고요해지려 하나 바람이 그치질 않고, 자식이 봉양하고자 하나 부모는 기다려 주지 않는다."는『논어』의 구절이 더더욱 절절히 와닿습니다. 그때는 왜 몰랐을까요. 어리석었다는 말로 감출 수 없어 더 슬픕니다. 별수 없는 한 인간의 넋두리를 늘어놓는 게 그저 부끄럽습니다.

버나드 쇼의 "우물쭈물하다 내 이럴 줄 알았지."라는 묘비명처럼 저야말로 우물쭈물하다 보니 시도 때도 없이 회한이 밀려옵니다. 그렇지만 그 또한 지나가는 것입니다. 계속 회한에 시달리고 있을 만큼 한가하지도, 남은 시간이 많지도 않습니다. 어떤 식으로든 씻어 내고 새로운 마음을 갖고 싶었습니다. 그게 바로 부모님의 사랑을 뒤늦게나마 조

금이나마 이해하는 실마리가 아닐까, 생각합니다. 나아가
부모님에 대한 그리움을 누그러트리는 한 방편이 되기를
기대해 봅니다.

1부

아버지,
어긋난 인생

산골로 가는 할아버지

할아버지와 할머니는 충북 충주읍에서 만나 결혼했습니다. 어느 날, 할아버지는 아버지가 일곱 살 되던 해에 비장한 얼굴로 "내가 강원도 산골로 가려는데 따라가겠는가?"라고 할머니에게 말했습니다. 할아버지는 원래 말수가 적고 허튼소리가 거의 없는 분이었습니다. 할머니는 반대 의견을 내놓을 겨를 없이 짐을 꾸려 길을 나서게 되었습니다.

지금도 강원도 하면 떠오르는 말이 첩첩산중인데 100년 전에야 오죽했겠습니까. 요즈음 말로는 오지(奧地)가 적당할 것입니다. 할아버지와 할머니는 충주읍에서 출발하여 100리를 걸어 원주에서 하룻밤을 자고, 다시 100리 거리의 산골을 향해 나아갔습니다. 원주에서 횡성읍까지는 그나마 들판이 보였지만 그 이후로는 빼꼼하게 보이는 하늘 아래 골짜기로 접어들었습니다.

할아버지, 할머니, 어린 아들 세 가족은 골이 깊어지며 좁아지는 개울가에서 부르튼 발을 씻으며 기운을 차리고 있었습니다. 그곳은 바로 진한의 마지막 왕인 태기왕이 추격하는 박혁거세의 군을 따돌리고 갑옷을 빨아 입었다는 갑천이었습니다. 어린 아들을 씻기고 물 한 모금 마시던 할머니는 슬그머니 흐느끼고 말았습니다. 미리 짐작하고 따라나선 길이었지만 이토록 깊고 깊은 산골인 줄은 상상하지 못했기 때문이었습니다. 충주 읍내에서 무남독녀로 곱게 자란 할머니로서는 기막힐 뿐이었습니다.

할머니는 "엄마, 울지 마!"라는 어린 아들 한마디에 눈물을 닦고 계속 나아갔습니다. 마침내 도착한 곳은 장터가 20리나 되는 거리에 놓인 오두막집이었습니다. 그곳에서 할머니는 20리 장터를 오르내렸습니다. 때로는 200리 거리의 충주읍까지 이틀씩 걸어 친정을 오갔습니다. 200리 거리의 절반인 원주는 오고 갈 때마다 하루를 묵는 곳이었습니다. 주로 친정어머니가 챙겨 주는 돈을 허리춤에 차고 돌아와 땅과 집을 불려 나갔습니다.

삼 형제 중 막내인 할아버지 원래 고향은 경상북도 풍기군 희여골이었습니다. 일찍이 부모님을 여의고 충주에 사는 형님 댁에 얹혀살았습니다. 형수의 구박을 견디다 못해 어린 나이에 가출하여 이곳저곳 겨우 몸을 의탁하며 살다가 할머니를 만났습니다. 아버지를 낳고 생활이 안정되어 가던 중 어떤 사연으로 강원도 산골로 떠났는지 궁금합니다.

산골에서 10여 년이 지나 아버지는 이웃 마을에 살던 엄마와 결혼했습니다. 할아버지나 할머니 모두 옛날 사람이 었지만 며느리를 아끼는 면에서는 남달랐습니다. 흔히 얘기하는 시집살이는 없었습니다. 특히 할머니의 며느리 사랑은 유별났습니다. 딸보다 더 아꼈습니다. 할머니는 며느리에게 수시로 20리 거리의 친정집을 다녀오라고 재촉할 정도였습니다. 게다가 할머니는 엄마를 그냥 보내지 않았습니다. 항상 떡을 했는데 워낙 많이 하여 엄마는 가져갈 엄두를 내지 못했습니다. 그럴 때마다 할머니는 떡을 직접 머리에 이고 가다가 외갓집 근처에서 며느리 머리에 이어 주고는 쏜살같이 사라졌습니다. 떡을 받아 머리에 인 엄마는 목이 쑥 들어가는 무게를 견디며 시어머니에 대한 고마움을 가슴속에 켜켜이 쌓았습니다. 친정 대문에 들어설 때마다 외할머니는 "얘, 목 다칠라! 떡 고만 가져와라!" 하며 걱정할 정도였습니다.

아버지와 엄마가 결혼하고 몇 년 지나지 않아 세상 풍파가 산골 오두막에도 밀려왔습니다. 항일 시기가 1940년대에 들어서자, 친일 인사들은 전국을 순회하며 젊은이들에게 전쟁 동참을 호소하였습니다. 어차피 끌려갈 게 뻔하다고 생각한 아버지는 일본군 부사관 선발에 지원했는데 신

체검사에서 어느 한 항목이 기준을 통과하지 못하고 탈락
했습니다. 대신 공장 노무자로 선발되어 도쿄의 항공기 프
로펠러 가공 부서에 배속되었습니다. 미군이 도쿄를 폭격
해도 지하 공장에서 작업하는 아버지는 안전했습니다. 반
면에 함께 응모했던 아버지의 한 친구는 부사관과 노무자
선발 신체검사에서 모두 탈락했습니다. 그분은 아버지가
일본으로 출발할 때 자기도 데려가 달라며 울었습니다. 마
침내 그분은 그다음 해에 징병되어 미국과 교전하는 남양
군도에 배치되었습니다.

할머니는 근검절약이 몸에 배어 있는 분이었습니다. 할
머니는 가끔 엄마와 함께 20리 거리의 장을 보러 다녔습니
다. 할머니는 혼자 갈 때나 며느리와 같이 갈 때나 상관없이
장을 보고 돌아서는 길에 그 흔한 먹거리 한쪽 입에 넣는 것
을 몰랐습니다. 다만 할머니는 며느리를 워낙 아끼다 보니
며느리 입에만 떡 한 조각 넣어 주고 정작 당신은 벌써 먹었
다며 입을 닦는 시늉으로 먹은 척했습니다. 엄마가 아무리
무엇인가를 입에 넣어 드리려 해도 할머니는 막무가내로
거절했습니다. 허기를 견디다 못한 할머니는 "난 괜찮다!"
하면서 돌아오는 길에 개울물로 배를 채웠습니다.

한편 일본으로 떠난 아버지의 소식이 뜸해지다 완전히

끊어지며 할머니와 엄마는 견디기 힘들었습니다. 할머니 재촉에 엄마는 큰고모와 함께 점쟁이를 찾았습니다. 점괘가 이상하게도 가족 셋이 줄어든다는 것이었습니다. 그런데 정확했습니다. 불과 1~2년 사이에 할머니, 엄마의 첫아들 그리고 젖먹이 시동생까지 사망하며 점괘가 완성되었습니다.

엄마의 삶은 할머니의 때 이른 죽음으로 급변하였습니다. 갑자기 발병한 할머니는 병원을 찾을 겨를도 없이 40대 초반의 나이에 세상을 떠났습니다. 엄마는 맏며느리로서 할머니 역할을 대신해야 하는 처지가 되고 말았습니다. 열 살도 안 된 시누이 시동생, 코흘리개를 면한 시누이 몇몇과 세파를 헤쳐 나가야 하는 현실을 엄마의 숙명으로 받아들이기에는 너무나 가혹했습니다.

우리나라 대가족 전통은 여자의 희생으로 발전해 왔습니다. 영국의 역사학자 아놀드 토인비는 한국의 대가족 제도를 높게 평가하였지만, 여자의 희생이 있었다는 사실은 몰랐던 것 같습니다. 특히 산골 살림에서 여자의 희생은 더 심했을 것입니다. 아무리 넉넉한 집안이라도 농경사회의 삶은 늘 밤늦도록 허리가 휘도록 일하는 것이 당연했습니다. 게다가 엄마는 어린 시누이, 시동생의 엄마 역할도 해야 했습니다.

할아버지가 선택한 산골은 할머니가 견뎌야 하는 삶의 무게를 키웠습니다. 원래부터 산골에 살아온 사람과 비교할 수는 없었습니다. 할머니의 때 이른 죽음이 무엇 때문이었는지는 모르지만, 산골이라는 사실도 한몫했을 것입니다. 산골과 친정 사이의 200리와 20리 시장을 허기진 배를 움켜쥐며 드나들던 할머니는 어린 자식들을 남겨 두고 일찍 떠났습니다. 할머니 없는 자식들의 슬픔이 시작되고 그 곁에는 할머니를 대신하는 엄마가 남겨졌습니다.

어긋난 인생

광복 직전, 아버지 친구는 남양군도에서 미군 포로가 되어 일정한 과정을 거친 후 귀국했는데 아버지는 정부 수립이 되고 나서야 돌아왔습니다. 고향을 떠난 지 꼭 9년이 되는 해에 돌아온 아버지는 종전 후 3년여 동안 주로 도쿄와 홋카이도를 오고 가며 쌀장사로 큰돈을 벌었습니다. 그 돈으로 200여 대의 재봉틀을 사서 귀국하는 배에 선적하던 중 일본 세관에 물품을 압수당했습니다. 아버지는 의류공장을 차릴 계획이었습니다. 할 수 없이 남은 돈으로 국내에서 귀한 물품인 설탕, 구두, 의류 등을 구매하여 짊어지고 부산항에 도착했지만, 이것 또한 부산 세관에 모두 압수당했습니다. 아버지는 귀향할 차비가 없어 울산, 영천, 의성, 안동, 영주, 제천, 원주를 경유하는 동안 거의 비렁뱅이 신세를 겪었습니다.

귀향한 아버지는 무일푼의 군대보다는 그나마 쥐꼬리 같은 월급을 주는 경찰관 모집에 응모했습니다. 필기시험과 신체검사에 합격하여 교육원에 입소했습니다. 남양군도에서 미군 포로가 되었던 아버지 친구는 경찰관 모집에 응시했지만 탈락하여 군 부사관으로 갔습니다. 아버지는 짧은 교육 후 바로 빨치산 토벌에 투입되었습니다. 아버지가 2년여 동안 주로 치악산과 태기산을 근거지로 하는 빨치산 토벌에 참여하던 중 6.25전쟁이 발발했습니다.

개전 직후 아버지는 군에 배속되어 영월 지역으로 이동했습니다. 얼마 지나지 않아 제천, 충주로 밀려가던 아버지 소속 부대가 전멸되었다는 소식을 듣던 엄마는 그만 기절하였습니다. 우리 가족은 할아버지 반대로 피난 갈 수 없었습니다. 외할아버지도 피난하지 않았습니다. 전쟁이 나면 군경 가족은 제일 먼저 처단된다는 것을 알면서도 말입니다.

고향 마을에 인민군이 진주했습니다. 인민위원회는 초등학교 운동장에 마을 주민들을 집결시켰습니다. 당연히 우리 가족도 갔습니다. 할아버지, 엄마, 고모, 삼촌 등의 대가족은 위험했습니다. 할아버지는 지주였고, 대부업을 했고, 그 아들은 경찰로 전투 중이니 살아남을 가능성이 거의 없었습니다. 몇몇 반동분자들이 불려 나가 즉결 처형되는 것을 보고 있던 할아버지는 부들부들 떨다 못해 입술이 새파래졌습니다.

그때 인민군 정치위원의 "황 영감, 걱정 마오!"라는 말은 구원의 소리였습니다. 과거에 지주였고 모두 처분하여 대부업을 하지만 고리대금업자는 아니었고, 아들이 경찰이지만 반동분자는 아니라는 것이었습니다. 그뿐만 아니라 정치위원은 아버지가 태기산에서 빨치산 군경 합동 토벌 작전에 참여하고 심지어 작전이 개시되기 전날 밤 외출하여 20리 거리의 집을 방문한 사실도 알고 있었습니다. 그런데도 반동분자로 지목되지 않았습니다. 그리하여 할아버지와 가족들 모두 살아남았습니다.

한편 아버지가 소속되어 후퇴하던 부대는 제천과 충주 사이의 남한강을 건너던 중 북한군 포위공격으로 부대가 전멸되다시피 하였습니다. 이때 영화의 한 장면 같은 상황을 맞이하였습니다. 수영에 소질이 있는 아버지는 시체와 수초 사이에서 갈대를 꺾어 만든 빨대를 입에 물고 숨을 쉬며 인민군 수색대를 피하고 살아남았습니다. 날이 어둑해지자, 아버지는 뭍으로 올라왔습니다. 아버지는 충북 충주가 고향이라 지형과 방향을 잘 알고 있었습니다. 인민군 부대를 피해 가며 남하하여 마침내 경북 영천까지 걸어가 부대에 합류하였습니다.

3년의 밀고 밀리는 전투 막바지에 이르러 아버지 부대는 고향 근처인 강원도 인제에서 휴전회담과 함께 전투가 소

강상태에 접어들었습니다. 아버지는 며칠 휴가를 얻어 귀가하였습니다. 여름이었는데 할아버지와 엄마는 질병에 허덕이고 있었습니다. 거의 죽음 직전이었습니다. 부대로 복귀한 아버지는 부대장에게 경찰관 사표를 제출했습니다. 경찰일지라도 전쟁 중에는 신분이 군인과 똑같다는 사실을 알면서도 말입니다.

부대장은 이제 전쟁도 막바지에 이르렀고 종전되면 시골의 지서장이라도 하게 될 터이니 조금만 참으라 하였습니다. 그런데도 아버지는 징용 9년간 부모와 처자식을 돌보지 못한 것뿐만 아니라 전쟁 중에 아버지와 아내의 병고를 확인하고는 임종이라도 지켜 내야 사람의 도리라며 뜻을 굽히지 않았습니다. 그러자 부대장은 아버지를 직권면직 처분하였는데 이게 아주 불명예스러운 것이었습니다. 훗날 경찰청에 조회하니 직권면직 사유는 기록되지 않았지만, 어떤 죄를 지은 것으로 해석하였습니다. 그렇기에 6.25 전쟁 참전 군경이지만 현충원이나 호국원에 묻히지 못하는 사유가 되고 말았습니다.

이와 다르게 아버지 친구는 미군 포로가 되는 과정에서 영어를 익혔습니다. 군인이 된 그분은 전쟁 중에 국군 부사관에서 미군 통역장교로 승진하였습니다. 늘 미군과 함께 하니 죽을 염려조차 훨씬 줄어들었습니다. 전쟁이 끝나자, 그분은 미군 부대 군무원으로 취업하여 전쟁 당시와 마찬 가지로 미군 PX 물품을 전용하며 부자가 되었습니다. 아버 지는 일본에서 항공기 프로펠러 가공 기술자가 되었지만, 대한민국에서는 그런 고급 기술을 써먹을 데가 없었습니 다. 아버지는 항상 친구보다 앞서 선발되어 그럴듯해 보였 지만 결과는 그렇지 않았습니다. 아버지는 운명의 중심에 서 벗어나 있었습니다.

아버지는 일본 세관의 재봉틀 압수, 부산 세관의 잔여물 강탈, 할머니의 때 이른 죽음, 전쟁 중 화폐개혁으로 100분 의 1로 줄어든 할아버지 재산, 전쟁 후유증 등으로 평생 시 달렸습니다. 엄마는 재봉틀, 부산 세관, 전쟁 고통 등을 아버 지에게 들은 게 아니었습니다. 아버지가 수시로 꿈에 시달 릴 때마다 엄마는 최면술사처럼 응답을 유도하여 들었습니 다. 아버지는 세상을 떠날 때까지 술에 취해서조차 징용과 전쟁 얘기는 그 누구에게도 말하지 않았습니다. 다만 자신 도 모르게 엄마에게 오직 꿈에서만 이야기할 뿐이었습니다.

아버지는 맨 정신으로 살아가기가 어려웠습니다. 견디기 쉽지 않았을 것입니다. 충북 충주읍에서 강원도 산골로 이 사했던 할아버지보다 더 깊은 산골로 간 원인이 아니었을까 추측해 봅니다. 우리가 어리석어 잘 모를 뿐이지 운명이란 게 있는 것 같습니다. 그렇지 않고서야 어찌 아버지의 삶을 온전히 이해할 수 있겠습니까. 살아도 사는 것 같지 않은 삶이었을 것입니다. 아버지 말년이 특히 힘들었던 까닭은 너무나도 벗어나고 싶은 도시살이 때문이었습니다. 아버지 의지와 무관하게 부산에서 살았던 6년의 첫 7개월 동안 무려 여덟 번의 이사가 아버지의 고뇌를 말해 줍니다.

사람이 아프면 본능적으로 병원을 찾게 되는데 아버지는 그 반대였습니다. 죽음이 임박했다는 것을 알면서도 "괜찮다. 내 병은 내가 알아!" 하며 둘러댔습니다. 아버지는 제가 군 복무를 하던 중 먼 곳으로 떠났습니다. 사흘 연이어 아버지가 꿈에 나타났습니다. 이것으로 어긋난 삶의 전형처럼 보였던 아버지 삶은 마무리되었습니다.

아웃사이더

할아버지는 어린 나이에 고향인 경북 풍기 희여골을 떠나 단양을 거쳐 충북 충주에 정착했습니다. 큰할아버지 그늘에서 설움받던 끝에 가출하여 외롭게 자리 잡고 살다가 할머니와 결혼했습니다. 얼마 후, 강원도 횡성의 시골로 이사한 곳은 연고가 전혀 없는 낯선 곳이었습니다. 그곳에서 15년 넘게 살다 할머니의 죽음과 함께 이웃 마을로 이사했습니다.

그런데 할아버지는 시골에 살면서 집과 땅을 임대했습니다. 계모의 계략에 넘어간 면이 있었습니다만 일제 말기라 공출이 심했던 까닭도 작용했습니다. 면사무소나 주재소에 고용된 친일 앞잡이들은 감춰 둔 씨앗까지도 훑어가며 봄이 되면 씨앗은 나누어 준다고 했지만 말뿐이었습니다. 이런 연유로 할아버지는 대부업에 집중했습니다. 계모는 그 틈을 노려 현금을 거둬들인 다음 줄행랑을 쳤습니다.

시골에 살면서 그 동네에 동화되려면 농사를 지어야 합니다. 농사를 짓지 않는 할아버지는 이웃과 친밀해질 근거가 줄어들 수밖에 없었습니다. 정부 수립 이후에 귀향한 아버지 또한 아웃사이더가 되어 갔습니다. 그러다 6.25전쟁 중에 이루어진 화폐개혁으로 할아버지 현금재산은 100분의 1로 줄었습니다. 집과 땅이 없는 대가족의 설움이 시작되었습니다.

제가 태어날 무렵 시골에서는 너도 나도 집과 땅을 버리고 서울로 부산으로 줄줄이 떠나갔습니다. 집과 땅이 없는 아버지도 어디로 갈지 방향을 정해야 했습니다. 그런데 아버지는 도시 대신 더 깊은 산골로 향하고 말았습니다. 그렇게 시작된 산골살이로 엄마의 새로운 고난이 시작되었습니다. 아버지와 엄마는 모든 물건을 등짐으로 져 나르는 방법 외에 다른 수단이 있을 수 없었습니다.

초등학교 근처에 사는 녀석들은 학교에서 먼 데 사는 저를 은근히 따돌렸습니다. 그 깊은 산골 아이들에게도 중심과 주변이 있었습니다. 평소에는 그런 모습이 나타나지 않는데 또래 집단의 성향이 드러날 때가 있습니다. 남자아이들은 티격태격하다 가끔 싸우기도 합니다. 어느 날 한 녀석과 시비가 일었는데 그 주변의 패거리가 말도 안 되는 주장을 하며 우기는 것이었습니다. 자기들 친구가 수세에 몰렸다고 그러는 것이었습니다.

그때 우리는 주먹으로 상대 코피를 내며 싸우지는 않았습니다. 주로 레슬링하듯 뒹굴며 싸우다가 상대방 배에 올라앉아 빠져나오지 못하게 하는 식이었습니다. 결국 싸움이 붙었는데 제가 그 녀석을 넘어트리고 깔고 앉아 의기양양했습니다. 그런데 그것도 잠시, 그 패거리의 한 녀석이 뒤에서 저를 밀치는 바람에 제가 다시 밑에 깔리고 말았습니다. 저는 온 힘을 다해 밑에서 빠져나오자마자 저를 밀쳤던 녀석의 멱살을 잡아당겼습니다. 그런데 저 홀로 둘을 상대할 수는 없었습니다. 저는 그를 비겁한 놈, 치사한 놈이라 욕하고 돌아섰습니다. 그리고 처음에 시비가 일었던 녀석에게 "다음에 다시 붙자!"라고 선언하며 헤어졌습니다.

중학교도 이와 다르지 않았습니다. 초등학교에서 어린이 회장이었지만 저 혼자 진학했으니 학급 임원 한 번 못 해 보는 게 당연했습니다. 물론 관심도 없었습니다. 문제는 패거리들이 학급 내에서 몇몇이 주도하는 일에 부화뇌동한다는 사실입니다. 예를 들면 학급 환경미화는 모두 하기 싫어하는 일이었습니다. 그런데 한두 녀석이 제가 미술에 소질이 있으니 하라고 분위기를 몰아가자, 패거리들은 "그래그래! 맞아! 맞아!" 소리치고는 다 된 것으로 간주했습니다. 교내 체육 대회 때도 마찬가지였습니다. 학급별로 의무적으로

3,000미터 달리기 선수를 뽑아야 하는데 서로가 피하고 싶은 것은 마찬가지였습니다. 아무 말 없는 제가 뽑혔습니다. 환경미화 때와는 달리 저는 한마디 했습니다. "비겁한 새끼들!" 제 말에 아무도 대꾸하지 못했습니다.

아무리 혼자일지라도 사교적이면 괜찮습니다. 남학생은 예체능에 재질이 있으면 더욱 활발한 대인관계를 펼칠 수 있습니다. 그런데 저는 그런 사교적인 것과 거리가 멀었습니다. 늘 혼자였고 무엇이든 혼자 해결해 왔던 저는 여럿이 함께하는 것들이 어색했습니다. 몸에 맞지 않는 옷을 입은 것처럼 부자연스러웠습니다. 이런 것이 복합적으로 얽히며 나타나는 슬픔도 아웃사이더로서 감수해야 하는 것으로 받아들였습니다.

교사가 되어서도 제 기질은 달라지지 않았습니다. 가까이 있는 동료가 모두 달려드는 주식, 펀드, 코인이 뭔지 알지 못했고 알려고 하지도 않았습니다. 결혼을 위해 소개받거나 선을 보거나 스스로 짝을 찾아 나서는 동료를 흉내 내지도 못했습니다. 그 대신 아무도 알아주지 않는 것에 몰두했습니다. 주말마다 교보문고, 종로서적, 세운상가, 청계천상가를 뻔질나게 드나들었습니다. 새 책, 헌책, LP 음반을 뒤적이며 먼지를 뒤집어쓰는 줄도 몰랐습니다. 공부 욕심은 조금 있었지만 제 분수를 알아채고 승진 욕구는 아예 없애 버렸습니다. 이런 제가 아웃사이더가 아니고 무엇이겠습니까.

근래에 나타난 전염병 코로나는 집단적 사고방식과 체계를 일거에 무너트렸습니다. 오프라인보다 온라인에, 단체보다 개인 활동에 가치를 부여했습니다. 제게 딱 맞는 사회현상이었습니다. 저만이 아니었습니다. 집 근처 길에서 만난 제자에게 "코로나로 인해 공부도 못 하고 시간만 흘러 안타깝구나!" 하자 돌아온 대답은 의외였습니다. "아니에요, 오히려 더 좋아요!"라는 말에 카운터펀치 같은 충격이 왔습니다. 스스로 시간을 관리하며 학교 공부와 책 읽기 등을 체계적으로 할 수 있어서 좋았다는 대답이었습니다.

그렇습니다. 모든 일은 항상 좋은 것도, 항상 나쁜 것도 아니었습니다. 그동안 저는 아웃사이더라는 생각을 떨쳐 버리지 못했습니다. 코로나는 스스로 아웃사이더라 생각하며 주눅 들었던 제 어깨를 펼 기회를 주었습니다. 감추고 싶었던 부끄러운 기억들이 제자의 한마디 말에 녹아내려 사라지는 것 같았습니다.

산마을

  고향 산마을은 계획적으로 만들어졌다가 꼭 10년 만에 계획적으로 사라졌습니다. 1960년대 초 "산으로 가자, 바다로 가자!"라는 구호가 있었습니다. 그 구호에 따라 관계 당국에서는 당시에 흔하지 않았을 헬리콥터를 동원하여 한겨울에 태기산 일대를 관측하였습니다. 그러고는 지도를 보며 세 개 군 경계에 있는 태기산 남쪽 지역에 산마을을 조성하기로 하였습니다. 마을의 중심지는 해발 1,000미터 주변이었습니다. 그 북쪽 1,200미터 고지의 태기산 정상에는 군부대, 남쪽 800미터 지역에는 진한의 마지막 태기왕이 쌓은 태기산성이 있었습니다. 산성 안팎으로부터 해발 800~1,100미터 일대에는 진한의 태기왕 때 만들어진 계단식 토지를 경작하는 인가가 드문드문 있었습니다.

  6번 국도에서 마을의 중심지인 학교까지는 10리 정도 거리지만 그 중간에 장구목이라는 지명이 암시하듯 험한 지역을 통과해야 합니다. 산성의 남쪽으로는 진한의 태기왕이 추격하는 신라군을 따돌리고 갑옷을 빨아 입었다는 갑천면 신대리, 동남쪽으로는 옛날부터 쌀농사가 유명했던 둔내면 화동리가 있습니다. 태기 산성과 신대리는 약 10리 정도로 가깝지만, 산성 삼면이 절벽으로 둘러싸여 영화 '웰컴 투 동막골'의 한 장면처럼 접근이 어렵습니다. 산성 안팎의 동서 방향으로는 오솔길조차 없습니다. 다만 산성의 남쪽으로 말등어리라 불리는 좌우 낭떠러지를 몇 군데 지나면 평평한 바닥에 닿을 수 있습니다. 오직 북쪽만 드나들기가 그나마 나은 편이었습니다.

산마을 조성은 6번 국도를 따라 보광 피닉스파크 근처에서 서북쪽으로 신작로를 내며 시작되었습니다. 관계 당국에서는 터를 잡은 사람들에게 기와집을 지어 주고 식량을 제공하였습니다. 집을 지어 주었다고는 하나 자기 집은 자기가 지었다고 봐야 합니다. 마을 중심까지 신작로가 뚫리기 전이어서 사람들은 보광 피닉스파크 근처에 내려놓은 목재와 기와를 지게로 10리를 져 날랐습니다. 목수가 기둥을 세우고 지붕에 기와만 얹어 주면 끝이었습니다. 벽에 흙을 바르고 방바닥에 구들을 놓는 일 등은 스스로 마무리했습니다.

우리 집은 학교로부터 다시 5리나 되는 험한 산길을 더 가야 했으니, 엄마의 고통은 이루 말할 수 없었습니다. 왜 아버지는 마을의 중심인 학교 근처가 아닌 해발 800미터 정도의 태기산성 동문 밖에 터를 잡았는지 모르겠습니다. 동서남북 어느 방향으로 가려 해도 5~10리는 걸어야 신작로를 만날 만큼 외딴곳이었습니다.

주된 농작물은 당귀, 천궁 등의 약초와 무, 배추 등의 채소였습니다. 그런데 제가 이해할 수 없는 게 또 있었습니다. 수천 년간 이어져 온 계단식 땅은 경작을 피하고 왜 계단이 아닌 곳을 개간하고 경작했는지를 말입니다. 게다가 계단식 토지는 아예 계단을 무너트려 비탈진 밭으로 만들기도 하는 것이었습니다. 이것 또한 훗날 사람들이 마을을 떠나는 원인이 되었다고 생각합니다.

산마을 조성은 실패하였습니다. 먼저, 눈이 산더미처럼 내린 한겨울에 관측한 게 결정적이었습니다. 또 일정한 심사 없이 마을 주민을 모집한 것도 문제였습니다. 인근 마을에서 온 사람들은 그런대로 오래 살았습니다. 반면에 탄광의 막장을 찾아온 듯한 사람들, 더러는 신분증조차 없는 사람들은 불과 1~2년 사이에 대부분 떠났습니다.

다음으로는 토지를 다루는 방법과 농사짓는 방식이 문제였습니다. 계단을 무너트리고 경작하니 당연히 우기에 토사를 막을 수 없었습니다. 게다가 대부분의 농가가 돌려짓기하지 않았습니다. 농사의 기본을 모르는 사람들이 대부분이었습니다. 농작물은 3년도 되지 않아 품질은 물론이고 수확량도 급감하였습니다. 초기에 140여 호가 되던 마을이 10년째에는 40여 호로 줄어들며 관계 당국에서는 실패한 정책을 마무리하듯 집단이주를 결정하였습니다. 예전부터 살아온 사람들이나 아버지처럼 계속 살겠다고 하는 사람들의 청원은 소용없었습니다.

관계 당국에서 결정한 정착지의 가장 큰 문제는 크게 두 가지로 보입니다. 너무 경사진 땅과 물 부족이었습니다. 애초에 마을을 태기산 서쪽으로 10리 정도 거리의 홍천군 내면에 인접한 지역을 정착지로 했더라면 얼마나 좋았을까요. 그곳은 평평한 토지에다 물이 풍부했습니다. 아버지 말씀으로는 논을 만들어도 될 만한 곳이었습니다. 그런데 그곳은 관측에서 제외되었습니다. 이게 바로 10년 만에 산마을이 사라지는 결정적 원인이 되었습니다.

지금까지 그 산마을에 사람들이 살고 있었더라면 아마 관광 상품이 되었을지도 모릅니다. 우리나라에서 1,000미터 높이의 마을은 태백시 주변뿐일 듯합니다. 사라진 산마을은 별 관측소, 풍력발전, 야영 장소 등으로 알려져 있는데 사람이 살고 있다면 태백시 못지않은 관광 자원이 되었을

지도 모릅니다. 해발 1,000미터 전후의 고원지대로서 2,000년 이상 전해 내려온 계단식 경작지는 태기산 마을뿐일 것입니다. 아울러 진한의 마지막 태기왕 전설을 간직한 태기산성이 복원되었을지도 모릅니다.

이제 거의 50년 세월이 흐르며 태기산성과 마찬가지로 산마을 흔적이 점점 희미해지고 있습니다. 아마 얼마 지나지 않아 산마을 흔적은 완전히 사라져 버리고 부모님 흔적도 그렇게 될 것입니다. 부모님이 생각날 때마다 찾겠지만 그저 혼백만 마음속에 남게 될 아쉬움에 서럽습니다.

집 짓기

다섯 살 되던 해 가을 아침 첫 허전함이 있었습니다. 눈을 뜨고 주변을 살폈지만, 온 가족이 다들 어디 가고 저 혼자뿐이었습니다. 게다가 주변의 집기들도 없어지고 제가 덮었던 이불 한 조각뿐이었습니다. 울고 싶었으나 너무 허전해 그저 멍하니 앉아 있는데 가족들이 모두 돌아왔습니다. 허름한 움막에서 살며 새집을 봄, 여름, 가을 내내 짓고 아침 일찍부터 이삿짐을 나르는 중이었습니다.

제가 태어났던 집에 대한 기억은 없습니다. 새로 지은 집은 산속이지만 기와집이었습니다. 목재는 트럭이 수통메기에 내려놓았습니다. 주민들은 목재를 수통메기에서 장구목을 거쳐 학교까지 10리 거리를 지게로 져 날랐습니다. 다시 학교에서 우리 집터까지는 5리에 이르는 비탈진 오솔길을 따라 아버지, 엄마, 형 셋이 지게로 져 날랐습니다.

목수들이 집의 뼈대를 세우고 기와를 얹고 떠난 다음 온 가족이 벽을 흙으로 바르고 세 칸 집을 완성했습니다. 이후 아버지는 집을 넓히는 데 온 힘을 기울였습니다. 무려 5년간 빈집 또는 이사 가는 집을 사들여 그 자재로 집을 열다섯 칸이나 되도록 확장해 나갔습니다. 앞으로 더 이상 이사는 없다며 이곳에서 생을 마치고 싶다고 했습니다.

하지만 세상일이란 알 수 없습니다. 이사할 수밖에 없는 상황이 되어 정확히 10년 만에 이사했습니다. 다시 집을 지어야 했습니다. 아버지는 해체한 목재를 트럭에 싣고 작은 절로 불리는 송덕사 건너편에 짐을 부렸습니다. 살던 집과 새 집터 사이의 거리는 직선으로 5리 정도인데 거의 100리를 돌아왔습니다. 물론 아버지는 항일 시기에 닦아 놓은 산판길을 수선했지만, 트럭 기사는 고개를 가로저었습니다. 도로가 너무 험했습니다. 그래서 집터까지 1킬로미터가 넘는 오르막길을 따라 목재를 모두 지게로 져 날랐습니다. 목재는 주로 아버지가 지게로 져 날랐지만, 엄마도 그 가냘픈 몸으로 새벽부터 어둡도록 짐꾼이 되어야 했습니다.

아버지와 엄마는 이웃 김 씨 댁 윗방을 한 칸 빌려 살며 아버지는 터를 닦고 목수를 불러 집을 짓기 시작했습니다. 엄마는 김 씨 댁에서 하루 다섯 끼 음식을 장만하여 집 짓는 곳까지 머리에 이고 날랐습니다. 주로 청일면 5일장을 보아 음식을 장만했습니다. 어느 날부터인가 김 씨 댁 팔 남매는 학교에 가려 하지 않았습니다. 엄마의 음식 맛을 봤기 때문입니다. 또 손이 큰 엄마는 아이들을 생각해서 아예 음식을 넉넉히 해 두었습니다.

집을 해체, 운반해서 다시 집을 짓는데 저도 괴로웠습니다. 어느 일요일 새벽에 아버지는 제게 작은고모 집을 다녀오라고 했습니다. 기둥과 보를 조립하는데 10년이나 된 목재가 낡아서 쩍쩍 갈라지니 고모 집에 있는 꺾쇠를 가져오라는 것이었습니다. 저는 쇠뭉치를 지고 지르메재를 넘을 생각이 아득했지만, 피할 수가 없었습니다.

집을 나와 지르메재로 들어섰습니다. 고개에 올라 내려다보니 우리 집터는 보이지 않고 박 씨 댁과 정 씨 댁이 손톱만 하게 보였습니다. 다시 흐르목재 방향으로 내려가서 숯가마골 개울을 건너니 낡은 폐가가 무서웠습니다. 쳐다보지도 않고 지나쳐 올라가니 고야골 들판이 나왔습니다. 거기서 3~40분 정도 더 가야 작은고모 집이 있었습니다.

고모는 알고 있었습니다. "오늘 네 생일인데 아침부터 웬일이냐?" 고모부와 사촌 형이 영동고속도로 건설 공사장에 일하러 다니며 모아 놓은 꺾쇠를 달라고 하니 자루에 잔뜩 싸 주는데 너무 무거웠습니다. 할 수 없이 사촌 형 자전거를 빌려 싣고 고야골로 향했습니다. 맨 끝 집인 조 씨 댁에 자전거를 맡겨 놓고 쇠뭉치를 멜빵에 걸어 짊어지니 시작부터 발걸음이 무거웠습니다. 흐르목재는 내리막이어서 괜찮았는데 숯가마골 개울을 건너고 지르메재를 바라보니 꼭대기가 아득했습니다. 한 굽이 돌 때마다 쉬면서 겨우겨우 지르메재에 올랐지만, 다시 내려가는 길도 마찬가지였습니다.

온몸이 땀에 절어 힘겨워하며 집을 짓는 터에 도착하니 아버지가 기다리고 있었습니다. 엄마는 제 몰골에 어쩔 줄 몰라 하며 "생일날 이게 무슨 꼴이냐?" 하며 눈물지었습니다. 그 꺽쇠로 기둥과 보를 고정한 후부터 다음 과정들이 순조롭게 진행되었습니다. 밥을 해 나르는 그사이에 엄마는 혼자 기와를 져 나르다가 아이들을 품삯을 주고 고용했습니다. 기와는 주로 김 씨 댁과 박 씨 댁 아이들이 날랐습니다.

지붕에 기와를 얹고 나서 엄마와 아버지는 벽체를 진흙으로 바르는데 그게 여름 내내 계속되었습니다. 저는 주말이면 하숙집에서 40리 길을 걸어 귀가했습니다. 아버지는 새벽에 저를 데리고 예전에 살던 집터로 가서 트럭에 싣지 못하고 남긴 물건들을 져 날랐습니다. 마침내 그해 가을이 되어서야 집이 완성되었습니다. 아버지, 엄마 두 분이 농사를 지으며 집을 짓다 보니 일손 부족으로 그럴 수밖에 없었습니다.

그때 저는 중3이었지만 150센티미터의 키에 몸무게 45

킬로그램밖에 되지 않는 왜소한 체격이었습니다. 지게질을 제법 많이 해 봤지만 미끄럽고 가파른 지르메재를 쇠뭉치를 짊어지고 오르내리기는 여간 힘든 게 아니었습니다. 왕복 40리를 허덕이며 걷던 고갯길이 가끔 떠오릅니다. 엄마는 늘 저 때문에 눈물이 마를 새가 없었습니다. 아버지는 가슴속에 숨겨 놨던 아들을 향한 사랑을 술에 취해서야 겨우 지인들에게 드러냈습니다. 아버지가 눈물을 감추려 애쓴 것을 뒤늦게 알았습니다. 두 분 모두 멀리 떠났지만 그리움은 더욱 깊어집니다.

기절 담배

어른들의 기호품 중에 담배를 빼놓을 수 없습니다. 식량이 떨어질 걱정 대신 담배 걱정을 하는 분도 봤습니다. 어른들은 일하다 잠시 쉬거나 일하지 않고 쉴 때나 늘 담배를 피워 물었습니다. 그런데 워낙 깊은 산골이다 보니 담배가 떨어져도 사 올 엄두가 나지 않았습니다. 우리 집에서 가장 가깝지만, 유일한 가게가 있는 곳은 약 20리나 되었습니다.

제가 어렸을 때 주로 보아 온 담배는 봉초였는데 그것마저도 충분치 않았습니다. 봉초가 떨어지면 밭 귀퉁이의 대마를 썼습니다. 대마는 어느 집에나 있었습니다. 대마를 수확하면 껍질은 노끈을, 줄기는 발을 만드는 데 썼습니다. 대마 잎은 알코올에 적셔서 말린다고 하는데, 시골에 알코올이 있을 리가 없습니다. 아마 그냥 말렸을 것입니다. 어른들은 그것을 종잇조각에 말아 피웠습니다.

담배나 커피는 기호식품으로 불리기도 하지만 그에 얽힌 애환을 알게 되면 담배나 커피를 외면하게 될지도 모릅니다. 우리나라에 담배가 들어온 시기는 임진왜란 중으로 보입니다. 조정 회의에서 담배 연기 때문에 광해군이 화를 냈다는 기록이 있으니 말입니다. 그 담배가 어느 때부터인가 성인들의 기호품으로 굳어지면서 아랫사람이 어른 앞에서 담배 피우는 것을 금하는 데까지 이르렀습니다.

예나 지금이나 학생이 담배를 피우면 선생님들은 크게 야단을 칩니다. 학생이 담배를 피운다는 게 우리 관습에 어긋난다고 보는 면도 있지만, 담배의 유해성이 워낙 크기 때문이지요. 그래서인지 어른들은 학생이 담배 피우는 광경을 그냥 지나치지 못하고 훈계하는 경우가 종종 있습니다.

교사 초년에 매형님 댁에서 기거할 때였습니다. 퇴근길에 우연히 매형님을 만나 집으로 가던 중 5~6명의 고등학생이 담배 피우는 걸 봤습니다. 매형님이 저를 불러 세우며 그들에게 방향을 돌리려 하자 저는 "그냥 가시지요!" 했더니 매형님은 "따라와!" 하셨습니다. 매형님은 그들에게 다가서자마자 번개 같은 속도로 따귀를 연달아 날렸습니다. 그들은 "아저씨가 뭐……." "왜 때……."라는 식으로 말 한마디 마칠 겨를 없이 줄줄이 날아오는 따귀에 어안이 벙벙한 모습이었습니다. 곁에 있던 저는 아무것도 할 게 없었습니다. 매형님이 집에 들어오자마자 얼얼한 손을 매만지자, 누님은 큰일 날 일을 하신다며 걱정이 이만저만이 아니었습니다.

담배에 얽힌 추억이 제게도 있습니다. 다섯 살 때였습니다. 저는 아버지를 따라 이웃집에 갔습니다. 두 분은 마주앉아 얘기를 나누며 줄곧 아리랑 담배를 피웠습니다. 그 이전에라도 아버지 담배 피우는 모습을 보았을 텐데 그날은 유난히 신기해 보였습니다. 아마 봉초를 말아 피우던 아버지가 그 당시 최고급 필터담배를 피웠기 때문이었겠지요. 저도 아리랑 담배를 빼 들었습니다. 두 분 모두 저를 말리지 않았습니다. 아버지처럼 입에 물고 성냥불을 켠 다음 훅 하고 빨아들였지요. 즉시 효과가 나타났습니다. 무지무지 매웠습니다. 연기도 맵고 입도 썼을 텐데 저는 담배 피우기를 계속했습니다. 저는 두 개째를 연달아 피워 물고는 담배를 손에 쥔 채 쓰러졌습니다. 아버지는 밤늦도록 얘기를 나누다 일어서며 기절한 저를 등에 업고 귀가했습니다. 집에 돌아온 아버지는 그때나 그 이후나 담배 이야기를 일절 하지 않았습니다. 아마 엄마나 형이 알았더라면 저는 크게 곤욕을 치렀을 것입니다.

아버지는 제가 고등학교를 졸업할 무렵에야 담배 얘기를 꺼냈습니다. 아버지는 방바닥 돗자리에서 연기가 피어오르는 것을 수습하고 말씀을 계속했습니다. 아버지는 제게 앞으로 담배는 피우되 술은 먹지 말라고 했습니다. 아마 두 가

지 모두 금하기 어렵고 만일 한 가지만 한다면 담배의 폐해
가 적다고 판단한 듯합니다.

　저는 대학생이 되던 해 겨울부터 담배를 피우기 시작했
습니다. 그해에 나라는 어수선했습니다. 박정희 대통령의
서거, 민주화 운동, 계엄령 선포 등으로 혼란이 극에 달했지
요. 대학생들은 교련 과목을 수강하며 한겨울에 어느 군부
대로 병영 집체교육을 받으러 갔습니다. 부대에서는 학생
들이 하라는 공부는 안 하고 데모만 했다며 교육보다는 기
합만 주더군요. 훗날 말썽 많았던 삼청교육대 교육 과정을
TV로 보니 병영 집체교육과 비슷했습니다. 그 과정에서 저
는 사흘째 되는 날 휴식 시간에 담배를 빼 물었습니다.

　이후 22년간 담배는 제 기호품이었습니다. 결혼 이후 아
내와 두 딸의 만류에도 불구하고 10년을 더 피웠으니, 저뿐
만 아니라 가족과 직장 등에서 그 폐해가 이만저만이 아니
었을 것입니다. 마침내 교통사고로 병원을 들락거리며 담
배를 끊기로 했습니다. 그 과정에서 어떤 의사의 깐족거림
도 금연에 도움이 되었습니다. 그때는 짜증 났지만 고마울
뿐입니다. 대략 3년간은 수시로 담배가 끌렸지만 5년 후부
터는 담배 생각이 전혀 나타나지 않았습니다. 이제는 담배
곁에 가면 견딜 수가 없습니다. 담배든 연기든 피해야 한다

는 생각이 확고합니다. 그렇게 독한 담배를 어떻게 20여 년

간이나 애호했는지 신기한 생각마저 듭니다.

불임우

시골에서 소는 한 집의 재산을 가늠하는 기준이었습니다. 언젠가부터 외양간에 소가 늘어나기 시작하며 대여섯 마리가 되었을 때입니다. 누나와 함께 이건 네 소, 저건 내소 하며 점찍고 있는데 가까이 지나치던 할아버지는 "네 소는 없다!"고 했습니다. 충격을 받은 저는 "아버지, 내 소 없다!"며 칭얼댔습니다.

어느 겨울날 아버지는 저를 데리고 30리 길을 떠났습니다. 초등학교 입학 전 여섯 살 무렵의 저에게는 힘이 들었습니다. 아버지는 제게 소를 사 줄 수가 없어 병작 소를 얻으러 가는 길이었습니다. 병작 소는 송아지 가격을 매겨서 몇 년 동안 기른 다음 매매하거나 다시 가격을 매겨서 그 차액을 원래의 소 주인과 반씩 나누는데 병작반수(竝作半收)라고 합니다. 제가 태어났던 마을 박 씨 댁이었는데 아저씨는 아버지보다 다섯 살 위였습니다. "동생은 집에 소가 있으면서 뭐 한다고 병작 소를 달라 하나?" 그러자 아버지는 "형님, 제 아버지 성질 아시잖아요?" 했습니다. 두 분이 얘기를 나누는 중에 그 집 며느리가 흰쌀밥에 반찬이 그득한 저녁 상을 들고 들어왔습니다. 저는 밥을 굶어 본 적은 없었지만, 온전한 흰쌀밥은 자주 먹는 것이 아니어서 눈이 휘둥그레졌습니다.

다음 날 송아지 한 마리를 마당에 매어 놓고 가격을 매겼습니다. 처음에 아저씨는 6만 원을 불렀습니다. 아버지가 좀 깎자고 하자 거간꾼이 아버지에게 물었습니다. 얼마를 예상하느냐고 하자 아버지는 5만 원 정도를 생각하고 있다고 했습니다. 그러면 5만 5천 원으로 하자고 해서 짧게 끝났습니다. 송아지를 끌고 집을 나서는데 아저씨는 저를 불러 어제 절을 반듯하게 잘했다며 퍼런 100원짜리 지폐 한 장을 건넸습니다. 처음으로 만져 보는 큰돈이었습니다. 어제, 동네에서 하나밖에 없는 가게를 봐 뒀기에 아버지 허락을 받아 가게로 달려갔습니다. 라면을 몇 봉 사고 거스름돈을 받았습니다. 저는 아버지가 끌고 가는 송아지 뒤를 따라가며 라면을 부숴서 입에 넣기에 바빴는데 그야말로 천상의 맛이었습니다. 그동안 끓인 라면은 먹어 봤지만, 생라면은 처음이라 먹어도 먹어도 입에 침이 고였습니다. 30리 길을 걸어 돌아오면서 힘든 줄을 몰랐습니다.

이제 제 소가 생겼으니, 살이 펑펑 찌도록 먹이리라 다짐했습니다. 꼴을 벨 때도 힘든 줄 몰랐습니다. 몇 년 지나면 새끼도 낳을 테니 제 소가 계속 불어날 것을 계산하며 부푼 꿈을 그려 보기까지 했습니다. 보통 송아지가 3년 정도 지나면 짝짓기 신호가 오고 사람과 비슷하게 10개월 후에 새끼를 낳습니다. 그런데 제 소는 다른 소보다 더 아끼고 먹이고 했는데도 불구하고 짝짓기 기미가 보이지 않았습니다. 소 주인이 1년에 한 번씩 소를 점검하러 오는데 역시 이상하다고 했습니다. 다시 1년이 몇 차례 지나갔지만, 결과는 마찬가지였습니다. 마침내 아버지는 불임우 판정을 내렸습니다.

불임우는 우시장에서 제값을 받지도 못합니다. 안타깝지만 어찌해 볼 도리가 없었습니다. 아버지는 제 소에게 쟁기질이나 가르치기로 했습니다. 뒤늦은 쟁기질은 가르치는 사람이나 배우는 소도 힘들었습니다. 아버지가 쟁기를 잡고 제가 앞에서 끌기도 하고 아버지와 역할을 바꾸기도 하면서 길들이기에 공을 들였습니다. 쟁기질할 때마다 황소 못지않은 힘을 느꼈지만, 전혀 기쁘지 않았습니다.

다른 소 같으면 벌써 서너 마리의 송아지를 낳았어야 했습니다. 한때는 제 꿈을 이룰 소였지만 이젠 아니었습니다. 미운털만 보였습니다. 사실 이 소는 똑똑하기까지 했습니다. 제가 소에게 풀을 뜯기고 꼴을 베어 오는 길에 나무로 된 다리를 건너는 모습을 소의 주인아저씨가 봤습니다. 사람처럼 나무다리를 두드리며 조심조심 건너는 것을 본 아저씨는 "거참, 사람 못지않구먼!" 하시며 기특해했습니다. 그렇지만 아무리 생각해도 똑똑하고 힘센 소가 왜 새끼를 갖지 않는지 알 수가 없었습니다.

　사람이든 동물이든 불임이라는 말처럼 처참한 것이 또 있겠습니까. 저는 소를 붙들고 애원해 보기도 했습니다. 화가 나서 밧줄을 휘둘러 때리기도 했습니다. 말할 줄 모르는 소에게 크나큰 죄를 지었습니다. 그래서는 안 된다는 것을 알면서도 그랬습니다. 소의 영혼이 알았다면 저를 가만 놔두지 않았을 것입니다. 뒤늦게나마 용서를 구합니다.

소 짝짓기

집에서 소를 처음 기르기 시작하며 온 가족 모두 외양간에 가득한 소의 모습을 그려 보곤 했습니다. 소는 여러 가축 중에서 가장 소중한 존재였습니다. 가족처럼 대우받았습니다. 요즈음이야 소를 대량으로 사육하며 소고기 공급 수단으로 여기지만 예전에는 자기 집 소를 고기로 생각하지 않았습니다. 그러니 어쩌다 쟁기질이라도 하게 되면 여물을 고급으로 푸짐하게 먹이며 우대했습니다.

소가 없는 집에서는 쟁기질에 필요한 소를 빌리기도 하는데 소 주인은 여간해서는 동의하지 않았습니다. 소의 품삯을 주지만 소 주인은 회피하는 경우가 많았습니다. 그렇게 소를 아끼고 위하는 정도가 대단했습니다. 제가 쟁기질하다 소를 때렸을 때 할아버지로부터 심한 꾸중을 며칠씩이나 듣는 것도 당연했습니다.

큰 암소 한 마리가 짝짓기 신호를 냈습니다. 아랫마을 황소에게 데리고 가야 합니다. 그렇지 않으면 소가 힘들고 소를 돌보는 저도 힘듭니다. 소가 여물을 먹지 않고 매어 놓은 말뚝 주위를 돌며 계속 울어 댑니다. 밧줄을 잡아당겨도 말을 듣지 않습니다. 그토록 순하던 소가 거칠어지는 순간입니다.

아버지는 소를 끌며 저를 데리고 나섰습니다. 아랫마을은 처음 가 보는 곳이라 호기심이 일었습니다. 그곳에는 가게도 있을 테니 생라면을 사 먹을 수 있겠다는 기대도 했습니다. 그곳은 아버지가 어릴 때부터 일본으로 징용되기 전까지 살던 곳이었습니다. 오 씨 댁에 황소가 있었는데 몇 차례 교미를 시킨 후 술대접이 시작되었습니다.

아버지는 술에 취하면 주변 상황을 잊어버립니다. 아버지는 늦가을 한낮이 지나도록 아들이 점심을 먹었는지 굶었는지 관심 없이 그저 술만 마셨습니다. 저는 문밖에 서성이며 "아버지 집에 가자!"고 할 뿐 배고프다고 말하지 못했습니다. 마침내 오후 4시를 알리는 괘종 소리를 들으며 제 인내가 한계에 이르렀습니다. 아버지와 소를 팽개치고 오던 길을 짐작하여 집으로 발길을 돌렸습니다.

술에 취한 아버지를 원망하며 6.25전쟁 상이군인 댁을 지날 무렵 주 씨네 형이 저를 알아봤습니다. 눈물을 훔치며 산으로 향하는 저를 보며 "누가 때렸니?" 하는데 대답 대신 고개를 가로저으며 송덕사 뒤편 작은 성골로 접어들었습니다. 한참을 지나 너래 반석이 있는 물아구리에 다다르자 절망적인 상황을 맞이했습니다. 산골 해가 짧다는 걸 몰랐던 저는 주변이 캄캄해진 개울 앞에서 그만 목 놓아 울었습니다. 물이 얕아 건너기는 했는데 어둠을 헤쳐 나갈 길이 막막했습니다.

개울을 건너 산판길을 따라 한참을 가니 평평한 길이 끝나고 가파른 말등어리 입구에 다다랐습니다. 지그재그로 이어지는 여러 굽이를 돌아 말등어리에 올랐을 때는 이미 주변은 달도 없는 캄캄한 밤이었습니다. 그 와중에 개처럼 생긴 너구리가 나타났습니다. 환장할 지경이었습니다. 호랑이 새끼라는 갈가지가 아닌 듯해서 좀 안심했지만, 끊임없이 부스럭거리며 따라오는 너구리가 곧 달려들 것만 같았습니다. 태기산성 안에 들어서며 박 씨 댁에 들르고 싶었지만 망설이다 그냥 지나쳤습니다. 어느 결에 너구리는 사라졌습니다.

문제는 김 씨네 할아버지 묘와 호랑이가 숨어서 기다린다는 갈대밭입니다. 고개를 조금도 돌리지 못하고 지나쳐 가며 태기산성 동문에 이르렀습니다. 그곳에도 묘가 세 곳이나 있었습니다. 눈을 감다시피 하며 지나쳐 한 굽이를 돌아 우리 집 부엌 문고리를 잡아당겼습니다. 혼자 들어서는 저를 맞이하던 엄마는 어쩔 줄 몰라 했습니다. "세상에! 이 땀 좀 봐!"라는 말을 들으며 방에 들어서니 머리부터 발끝까지 흠뻑 젖어 있었습니다. 속옷은 물이 줄줄 흐르는 듯했습니다. 저는 배고픈 줄도 모르고 아버지를 푸념하는 엄마 무릎에서 잠이 들었습니다.

아버지는 이튿날 소를 끌고 나타났습니다. 저는 참 분했습니다. 아버지는 아들이 술집 문밖에서 굶고 있는데 어떻게 아무렇지도 않을 수 있었는지 말입니다. 엄마의 심한 잔소리를 감내하는 아버지이지만 정말 이해하기에 어려웠습니다. 아버지는 술에 취하면 만사를 잊어버리고 마는 분이라고 뇌리에 박히게 되었습니다. 평소 제 곁에서 밤늦도록 숙제를 도와주던 아버지와는 전혀 다른 모습에 크게 실망하고 말았습니다.

겨드랑이

　우리 몸 중에서 제일 따뜻한 곳은 심장일 것입니다. 그래서인지 옛날에는 심장을 가장 중요한 기관으로 여겼습니다. 그뿐만 아니라 심장을 생명의 근원으로 보았습니다. 심장 모양을 본뜬 한자 심(心)은 열(熱)이나 온(溫) 글자 못지않게 뜨거운 느낌마저 듭니다. 우리 몸 각 부분은 심장에서 멀어질수록 온도는 낮아질 수밖에 없습니다.

　그다음으로 따뜻한 곳은 겨드랑이입니다. 심장 가까이 있기 때문이지만 겨드랑이는 팔과 함께 심장을 보호하는 역할을 하다 보니 자연스레 따뜻해졌을 것입니다. 이와 다르게 심장에서 가장 먼 곳에 있는 손과 발은 늘 차가울 수밖에 없습니다. 특히 겨울에는 동상으로 고난을 겪는 곳입니다.

　해발 800미터가 넘는 산촌의 겨울은 추위가 대단했습니다. 툭하면 눈이 오고 돌풍이 불고 그랬습니다. 특히 바람이 무서웠습니다. 바람이 무서운 까닭이 있습니다. 눈 오는 날, 바람은 눈을 집 주위의 우묵한 곳을 메우며 주변을 평평하게 만듭니다. 심할 때는 집의 처마 밑까지 눈이 쌓여 밖으로 문을 열지도 못합니다. 어떻게 어렵사리 문을 열고 나가더라도 개울이나 우물까지는 난감합니다. 할 수 없이 터널을 뚫어 길을 낼 수밖에 없습니다. 물론 며칠 지나 한낮이 되면 터널이 무너져 내리기도 하지만 한동안은 그리 위험하지 않습니다.

그런데도 저는 소 외양간 작은 문으로 나가 이름이 마루인 셰퍼드와 함께 신나게 놀았습니다. 눈이 많이 오고 바람이 불면 웬만한 웅덩이나 계곡은 밋밋해져 썰매나 스키 타기가 더 좋았습니다. 유명한 스키장이 부러울 게 없었습니다. 마루는 제가 썰매를 타든 스키를 타든 함께 달리며 제가 넘어지면 달려와 걱정스레 바라보기도 했습니다. 정말이지 추운 줄도 모르고, 배고픈 줄도 모르고 눈에 완전히 빠져들곤 했습니다.

저는 눈에서 노는 게 싫증이 나야 집으로 발길을 돌렸습니다. 제가 방에 들어서면 아버지는 겨드랑이에 제 손을 넣게 했습니다. 그걸 보는 엄마는 몸서리치는 표정으로 "앗, 차가워!"를 연발했습니다. 그런데도 아버지는 아무렇지 않게 겨드랑이를 오므리며 제 손을 오래도록 붙들었습니다. 그렇게 한동안 있다 보면 손의 냉기가 사라지고 꼭 화롯불을 쬔 것처럼 따뜻한 기운이 온몸으로 전해 왔습니다. 아버지는 제가 학교에서 돌아오든, 밖에서 놀다 들어오든, 나무를 하다 들어오든 항상 겨드랑이를 내어 주었습니다. 아버지는 저를 애처로워했지만, 엄마는 "애들 손과 장독은 얼지 않는다."며 만류하기도 했습니다.

세월이 흘러 군 복무할 때였습니다. 12월 말경에 사흘 내리 아버지를 꿈에서 뵈었습니다. 이어서 입대 전부터 아버지 건강이 좋지 않았던 기억으로 전전긍긍하던 중에 먼 길 떠났다는 전화를 받았습니다. 아버지 겨드랑이가 떠올라 막사에서 떨어져 있는 화장실 근처 한적한 눈밭에서 하염없이 울었습니다. 제대하면 도시살이를 접고 고향 산골로 돌아가자고 약속했는데……

제 두 딸이 스케이트 타기를 즐길 때였습니다. 스케이트 타는 게 싫증이 난 데다 날씨도 춥다 보니 두 딸이 손이 시리다며 투정을 부렸습니다. 저는 아버지에게 배운 대로 두 딸에게 장갑을 벗게 하고 겨드랑이를 내밀었습니다. 두 딸 네 개의 손이 제 겨드랑이에 닿자마자 저는 자지러졌습니다, 그렇다고 차갑다고 소리를 지를 수도 없었습니다. 입을 꾹 다물고 안 그런 척하려니 몹시 힘들었습니다. 제가 태연한 모습을 보이지 못한 것을 큰딸에게 들켰습니다. 큰딸은 "아빠, 괜찮아?" 하며 걱정 어린 모습으로 제 겨드랑이에서 손을 빼냈습니다. 아무것도 눈치채지 못한 작은딸은 옳거니 잘됐다는 표정으로 제 겨드랑이를 독점하며 의기양양했습니다.

아버지는 한겨울에 그토록 차가운 제 손을 당신의 겨드랑에 넣게 하면서 한 번도 차갑다는 표정을 짓지 않았습니다. 그러니 제가 밖에서 놀다 방으로 들어올 때마다 아버지 겨드랑이에 자연스럽게 손을 넣을 수 있었지요. 그런데 왜 제 겨드랑이는 두 딸의 차가운 손을 아무렇지 않게 받아들이지 못하는 걸까요. 아무래도 저는 아버지 아들은 맞지만, 두 딸의 아빠로는 부족한 것 같아 속상했습니다.

신발

　우리는 언제부터 신발을 신었을까요. 수천 년 전부터 사용했다는 기록이 있습니다. 신발은 발에 착용하는 옷을 의미했던 것으로 보아 초기에는 동물 가죽 같은 것으로 발을 휘감아 덮었을 것입니다. 실제로 2차 대전 말기 만주에 진주한 소련군은 만주국 방직공장의 옷감을 '발싸개'로 사용했습니다. 요즈음 시각으로는 거지발싸개 같은 짓으로 보이지만 아프고 시린 발을 보호하는 탁월한 선택이었습니다.

　제가 처음 만난 신은 꺼먹고무신이었습니다. 고무신을 처음 신을 때 어른 고무신은 흰색인데 왜 아이 고무신은 검은색인지 궁금했습니다. 아직도 그렇습니다. 색깔만 제외하면 모든 게 괜찮은 다용도 물건이었습니다. 어쩌면 장난꾸러기 아이들이 험하게 사용하는 것을 고려했는지도 모릅니다. 사실 저도 고무신을 다른 용도로 사용한 적이 많았습니다. 고무신을 어떻게 쓰는지 동네 형들이 하는 대로 따라 했습니다.

　꿀을 먹고 싶을 때 꽃에 앉아 있는 꿀벌을 고무신으로 낚

아채 빙빙 돌리다가 땅바닥에 내리치면 벌이 기절합니다. 동네 형들이 벌을 집어 들고 꼬리에 들어 있는 꿀을 빨아 먹기에 저도 따라 했습니다. 그런데 웬걸! 벌이 깨어나며 입술을 침에 쏘이고 말았습니다. 제 입술은 금방 퉁퉁 부어올랐습니다. 근처에 있던 형들은 웃기에 바빴지요. 그들은 웃을 만했습니다. 저는 벌침을 젓가락 같은 막대기로 떼어 내는 걸 몰랐습니다.

고무신은 장난감 자동차로도 쓰였습니다. 집 근처에 황토 구덩이가 있었습니다. 제 또래 몇 명이 넓적한 돌로 미니 신작로를 닦아 놓고 자동차 운전을 하며 놀았습니다. 고무신은 물건을 싣기도 하고 내려놓기도 하는 화물차가 되었습니다.

고무신은 다시 배가 되었습니다. 어느 밭 귀퉁이에 작은 샘이 있었는데 그곳을 막대기로 계속 파냈더니 샘이 터져 나오며 물이 고이기 시작했습니다. 물이 흐르는 방향대로 내려가며 곳곳에 미니 댐을 만들고 수문을 설치했습니다. 물이 고이면 배를 띄우고 배 안에 손님도 태웠습니다. 수문을 여닫으며 물이 흐르고 고이는 것을 조절하기도 했습니다. 고무신 배를 이동시키며 놀다 보면 한나절이 휙 지나갔습니다. 저는 친구가 있을 때나 없을 때나 고무신으로 그렇게 놀았습니다.

어느 날 아버지가 검은색 장화를 사 왔습니다. 장화를 신으니 비 오는 날이든 눈이 녹아 질척한 길이든 거침없이 걸을 수 있었습니다. 고무신으로는 상상할 수 없는 세계가 나타났습니다. 특히 꼴을 베거나 나무할 때 그 진가가 드러났습니다. 고무신은 사용 중에 곧잘 발에서 벗겨졌습니다. 게다가 양말에 흙이 묻거나 물에 젖었습니다. 물살이 센 곳에서는 툭하면 잃어버렸습니다. 또 고무신은 겨울에 발이 시려 견딜 수가 없었습니다. 반면에 장화는 수륙 양용으로 나무랄 데가 없었습니다. 장화는 날씨나 계절과 관계없이 산골 생활에서 필수품이었습니다.

초등학교 4학년 때 처음으로 엄마가 사 온 축구화를 신었습니다. 축구할 때는 물론이고 미끄러운 비탈길에서도 아무렇지 않게 뛰거나 걸을 수 있었습니다. 친구들이 한번 신어 보자고 했지만 저는 만져 보기만 하라며 거절했습니다. 귀한 축구화는 함부로 내돌리면 안 되는 것이었습니다. 마침 책보 대신 책가방도 등에 멨던 터에 맞이한 축구화는 그야말로 날아갈 것 같은 마음을 주체하기 어려웠습니다.

그 후 중학교와 고등학교 때는 유행에 따라 다양한 형태의 운동화를 신었습니다. 그것도 몇 켤레씩 마련해 놓고 골라 신기도 했습니다. 그런데도 부모님은 왜 신발이 그렇게 많으냐고 나무라지 않았습니다. 검소하지 못했던 부끄러움이 밀려옵니다.

대학생이 되고 처음 구두를 신었습니다. 구두를 잘못 골라 발뒤꿈치가 벗겨져 고생하면서도 신었습니다. 구두는 불편한 신발이었습니다. 몸에 맞지 않는 옷 같았습니다. 아픈 발 때문에 고민하다 중고등학교 시절의 운동화로 돌아갔습니다. 발이 너무너무 편했습니다. 지금도 저는 구두보다는 운동화를 즐겨 신습니다.

최근에 어렸을 때 살았던 사라진 고향 집터를 찾았습니다. 부엌이 있던 자리, 할아버지 방, 부모님 방, 누나 방, 사랑방 자리를 디뎌 보았습니다. 외양간이 있던 자리를 지나 변소 터에서 제가 신던 검은색 찢어진 장화 한 짝을 만났습니다. 왼쪽 발목 복숭아뼈 근처의 위치에 V 자 모양으로 찢어진 장화였습니다. 산에서 나무하다 작고 뾰족한 그루터기에 찔려 거의 한 달 이상 절뚝거리며 걸었던 기억이 되살아났습니다. 무려 50여 년 전의 일입니다.

장화는 아버지도 신던 것이었으니 그러려니 했습니다. 그런데 엄마는 어떻게 축구화를 생각해 냈을까요. 어려운 살림에도 불구하고 아들 장화를 사 온 아버지나 축구화를

사 온 엄마 모두 아들 사랑은 참 대단했습니다. 뒤늦게 부모
님의 흔적을 살피며 사랑을 되새겨 봅니다.

신작로

어렸을 때 처음으로 오랫동안 걸었던 길은 오솔길이었습니다. 숲으로 난 길을 따라 다리가 아프도록 걸어간 길 끝에 아버지가 기다리고 있었습니다. 언제 어떻게 헤어졌는지는 모릅니다. 다만 형에게 기대어 걷고 업히기를 거듭한 끝에 산골 오두막에 닿았습니다.

아버지가 터를 잡은 산골은 동쪽과 서쪽이 완전히 막힌 곳이었습니다. 시장에 갈 수 있는 통로는 오직 북쪽과 험한 벼랑을 끼고 있는 남쪽 산길밖에 없었습니다. 북쪽 길은 5리 정도 오르막 산길을 걷고 신작로를 따라 10리 정도 가면 6번 국도와 만납니다. 이곳에서부터 봉평이나 둔내 장터까지는 거리가 멀었습니다. 남쪽 길은 말등어리라는 곳을 통과해야 합니다. 양옆으로 벼랑이 이어지는 능선을 따라 하산하다가 가파른 산비탈을 지그재그로 내려오면 평평한 산판길을 만납니다. 이곳에서 계속 남쪽으로 이어지는 길은 평평합니다. 개울을 따라가는 길은 청일이나 갑천 시장까지 이어지지만, 시장의 규모가 작습니다.

한편 산비탈을 내려와 동남향의 높은 고개를 두 개 넘어 가면 역시 6번 국도를 만납니다. 엄마와 아버지가 힘들어도 이 고개를 넘나들며 둔내장을 보는 이유가 있습니다. 둔창 (屯倉)에서 유래한 지명에 어울릴 만큼 장이 크게 서기 때문입니다. 가을에 수확한 약재나 곡식을 짊어지고 험한 고개를 마다하지 않고 넘어가면 좋은 값을 받을 수 있다는 믿음으로 찾아가는 것입니다. 게다가 북쪽 출구보다 장터까지 거리가 훨씬 가깝습니다.

어느 날 군부대까지 신작로를 닦는 공병대가 장비와 함께 학교 운동장에 진주했습니다. 군부대가 헬리콥터로 물자를 보급받던 중에 도로를 뚫기 시작했습니다. 공병대 장비들은 신기함을 넘어 경외감마저 들었습니다. 우리는 학교 공부가 끝나면 산더미 같은 흙을 밀어내며 길을 닦는 불도저를 보러 갔습니다. 불도저 운전병이 물러서라고 소리쳐도 아랑곳하지 않았습니다. 급기야 한 녀석이 무너져 내리는 흙더미에 깔렸습니다. 다행히 크게 다치지는 않았지만, 그 이후로 불도저 가까이 가는 것을 무서워했습니다.

우리 집은 해발 800미터, 마을 중심인 학교는 해발 1,000미터, 군부대가 있는 산 정상은 해발 1,200미터인데 신작로는 학교에서 끊겼습니다. 무려 5년간을 트럭이 닿지 않는 고립된 지역에 살며 고생해 온 엄마와 아버지는 차가 마당까지 오도록 신작로를 내기로 했습니다. 공병대는 군부대의 도로를 완성하고 이어서 우리 집까지 오는 도로를 닦기 시작했습니다. 5리의 오솔길이 불과 10여 일 만에 신작로가 되었습니다. 학교 아랫마을 사람들이 모은 돈으로 신작로가 뚫리자 새로운 세상이 열렸습니다.

이제 엄마와 아버지는 농자재나 생필품을 져 나르지 않아도 되었습니다. 특히 비료와 식량을 지게로 져 나르는 엄청난 고통이 사라졌습니다. 게다가 19마리나 되는 소 사료 역시 짚으로 대체하며 꼴 베기를 하지 않아도 되었습니다.

앞날이란 정말 알 수 없습니다. 그렇게 힘들게 비싼 돈을 들여 닦은 신작로였건만 겨우 5년밖에 사용하지 못했습니다. 불가피하게 이사를 해야만 하는 일이 생겼습니다. 아버지는 열다섯 칸이나 되는 집을 해체하여 인근 산자락에 다시 집을 짓기로 했습니다. 두 대의 트럭에 목재를 실어 나르며 신작로의 쓸모는 끝났습니다.

저는 사라진 고향 집터를 돌아보는 산행을 가끔 했습니다. 잡초에 묻혀 가는 신작로에 서 있을 때마다 불도저가 아름드리 참나무를 밀어서 쓰러트리며 길을 닦던 장면이 떠올랐습니다. 50여 년 전의 일을 말입니다. 근래에 찾아보니 매끈한 임도로 다시 정비되어 있었습니다. 임산물을 관리하는 도로로, 등산객이 오르내리는 등산로로 거듭나 있었습니다.

땅길, 물길, 하늘길 등 길은 많습니다. 그중에서 우리는 주로 땅길에 의지해 살아갑니다. 신작로라는 말을 요즈음은 사용하지 않는 것 같습니다. 대신 임도라는 말로 바뀐 듯합니다. 신작로는 산속 집과 다른 세상을 연결해 주었습니다. 산속을 뚫고 들어와 마지막 집에서 멈춘 신작로는 세상으로 나아가는 시작점이었습니다. 저는 그곳에서 트럭을 타고 나와 세상 물정을 엿보기 시작했습니다.

초주검

　이웃집 홀아비 강 씨가 두 아들을 데리고 살다가 원주로 이사 갔습니다. 어느 날부터인가 또 다른 홀아비 김 씨가 어린 두 아들과 살기 시작했습니다. 큰아들은 저보다 세 살 어렸고 작은아들은 두 살 터울이었습니다. 제가 큰아이에게 엄마가 왜 없냐고 물으니, 눈물이 그렁그렁한 채 "도망갔다!"며 말을 맺지 못했습니다.

　어느 해 겨울에 홀아비 김 씨는 이웃집에 품 팔러 나서며 두 아들만 집에 남겨 놓았습니다. 말린 당귀 뭉치를 지게로 짊어지고 가는 일이었습니다. 눈길을 따라 험한 장구목을 지나 트럭이 기다리는 수통메기까지 15리를 온종일 왕복했습니다. 마지막 짐을 져 나르고는 동행했던 방 씨와 식사 대신 술을 마시고 집으로 돌아오던 길에 사달이 났습니다.

　방 씨와 헤어진 김 씨가 집에 가려면 초등학교에서 남쪽으로 가야 했습니다. 김 씨는 술에 취하기도 했지만, 온 천지가 눈에 뒤덮인 나머지 방향을 잃고 서쪽으로 향하고 말았습니다. 눈이 워낙 많이 왔기에 아예 길이라는 것도 있을 수 없었지요. 그저 자신이 걷는 곳이 길이 될 뿐이었습니다. 길을 잘못 든 김 씨는 눈 덮인 이곳저곳을 헤매다 쓰러졌습니다.

이틀이 지나도록 아버지가 돌아오지 않자 두 아들은 우리 집으로 와서 상황을 알렸습니다. 실종된 김 씨를 찾기 위해 마을 남자들이 팀을 나누어 수색을 시작했습니다. 사흘 만에 한적한 길 근처에서 웅크리고 숨져 있는 김 씨를 발견했습니다.

아버지와 엄마는 사태를 수습하기 위해 나섰습니다. 김 씨는 그 맏형이 원주에서 버스회사를 운영하는 분이었는데 주소와 이름을 알 길이 없었습니다. 어린 두 아들에게 물으니 큰아버지 이름이 어느 잠바에 쓰여 있다고 해서 옷을 살펴보니 이름이 있었습니다. 주소는 버스회사 달력에 쓰여 있었습니다. 엄마는 즉시 홀아비 김 씨의 원주 큰집을 찾아갔습니다. 엄마는 그 집에서 가족들과 함께 수의 제작 및 장례 준비를 했습니다.

아버지는 제게 어린 두 아이에게는 아버지 사망 사실을 숨기고 잘 돌보라고 했습니다. 저는 사나흘 동안을 홀아비 김 씨 집에 가서 두 아이와 함께 밤낮을 보내며 놀았습니다. 아침이면 두 아이를 데리고 집으로 와서 아침을 먹이고 다시 그 집으로 갔습니다. 그런데 밤이 문제였습니다. 두 아이가 잠이 들 때 저도 잠이 들어야 하는데 저는 도대체 잠이 오지 않았습니다. 온갖 상상으로 헤매고 있었습니다. 제가 열세 살이었지만 온갖 귀신이 살아 있던 시절이었습니다. 아이들은 모르는데 두 아이의 아버지가 죽었다는 사실을 아는 저는 홀아비 김 씨 귀신이 들이닥칠 것 같은 공포에 사로잡혔습니다. 밤새도록 속옷이 젖도록 이불을 뒤집어쓰고 헤매다 보니 아침이면 퀭한 눈을 감출 수가 없었습니다. 그렇다고 아버지에게 괴롭다고 말할 수도 없었습니다. 그냥 견뎌야 하는 것으로 받아들였습니다.

엄마가 장례 준비를 마치고 돌아오며 그 긴 밤의 공포에서 벗어날 수 있었습니다. 홀아비 김 씨 형수이자 두 아이의 큰엄마는 만나자마자 망자의 유품을 정리하기 시작했습니다. 또 어차피 알게 될 일이라며 두 아이에게 아버지의 죽음을 알렸습니다. 큰아이는 돌아서서 눈물을 훔치기 시작했지만 여덟 살 작은 아이는 아버지의 죽음을 이해하지 못하는 것 같았습니다. 망자의 유품에 불을 지르는 광경을 가까이서 지켜본 저는 무어라 할 말이 없었습니다.

두 아이를 데리고 초등학교 근처에 도착한 큰엄마가 두 아들에게 아버지를 확인시키자 열 살 큰아이가 대성통곡하

기 시작했습니다. 그와 함께 동네 사람 모두 합창하듯 통곡
이 이어졌습니다. 아무것도 모르는 여덟 살 작은 아이가 과
자를 먹으며 즐거워하는 모습에 동네 사람들은 또 눈물이
이어졌습니다. 어린 상주의 눈물바다 속에서 망자는 훗날
아이들이 찾아오기 쉽게 6번 국도 인근 언덕에 묻혔습니다.

　엄마는 큰아이가 인물이 훤하고 착한 성품을 가졌다며
종종 칭찬했습니다. 그 후 우리 집이 이사한 곳으로 큰아이
가 엄마 내복을 사서 다녀가기도 했지만, 우리 집이 부산으
로 이사하는 바람에 연락이 끊어졌습니다. 그리고 보니 벌
써 50년이나 되어 갑니다. 저는 아직도 달력에 쓰여 있던 두
아이의 큰아버지 집 주소 '원주시 평원동 10반 150번지'를
외우고 있습니다. 그와 함께 사나흘 동안 초주검이 되었던
기억 역시 잊을 수가 없습니다.

채소 농사

산마을 주된 작물은 약초와 채소입니다. 약초는 여러 해 동안 길러서 수확하지만, 채소는 그해에 수확합니다. 약초와 채소는 산골의 대표적인 돈벌이작물이었습니다. 약초로는 당귀, 천궁, 만삼 등이 있었고, 채소로는 무, 배추, 양배추, 당근 등이 있었습니다.

산마을 중심인 학교 근처는 해발 1,000미터의 고랭지라서 채소나 약초 이외에 다른 곡식은 잘 자라지 못했습니다. 우리 집은 해발 800미터 정도여서 오곡이 무르익는 곳이지만 신작로가 없어 채소 재배는 할 수 없었습니다. 그렇지만 돈벌이작물의 가치를 외면할 수 없었던 부모님은 학교와 군부대 중간의 해발 1,100미터에 있는 대화 이 씨네 근처에 땅을 얻었습니다. 서북향 땅이었지만 신작로가 있었기에 경작하기로 했습니다. 새벽에 도시락을 싸서 출발하면 두 시간 정도 걸려 밭에 도착했습니다. 소도 없이 괭이로 밭을 갈고 씨앗을 뿌리고 김을 매고 하여 무가 잘 자랐습니다.

어느 늦가을 새벽에 엄마의 깊은 한숨 소리를 들었습니

다. "상강이 아직 멀었는데 무서리가 내렸다!"며 새벽 내내 어쩔 줄 몰라 했습니다. 날이 새자마자 아버지와 엄마는 서너 시간 만에 무밭을 다녀왔습니다. 어찌 되었느냐고 물어볼 필요도 없었습니다. 해발 800미터의 농작물이 서리를 맞아 축 늘어졌는데 하물며 해발 1,100미터에 있는 무는 보나 마나였습니다.

다음 해에 경작한 무는 밭떼기로 팔려고 해 봤지만 아무도 쳐다보지 않았습니다. 무 작황이 워낙 좋은 해였습니다. 형은 트럭을 불러 직접 출하하기로 했습니다. 처음 보는 8톤 트럭이 왔습니다. 짐을 싣자, 제무시와 달리 가파른 언덕을 오르지 못했습니다. 할 수 없이 절반만 싣고 장구목을 지나 언덕 꼭대기에 무를 내려놓았습니다. 다시 트럭이 돌아와 나머지 절반을 싣고 언덕을 올라 이전에 내려놓았던 무를 다시 싣고 새벽녘에야 제대로 출발했습니다. 원주인가 서울인가로 갔는데 형은 돌아오는 차비를 겨우 마련해야 하는 지경에 이르고 말았습니다.

두 번의 실패 이후 형은 다시 도전했습니다. 태기산 군부대 아래쪽에 밭을 일궈 배추를 심었는데 작황이 아주 좋았습니다. 배추거래상 여럿이 달려들었습니다. 협상 끝에 현금 17만 5천 원에 밭떼기로 넘겼습니다. 형은 그 돈으로 제

법 자란 큰 소를 두 마리인가 세 마리인가를 사 왔습니다. 마을에서는 황 씨 네가 횡재했다는 소문이 무성했습니다.

3~4년이 지나 형이 군대에 갈 무렵에는 소가 15마리 정도로 불어났습니다. 이후 최대 19마리까지 되었습니다. 제가 중학교에 입학하며 집을 떠나자, 소를 돌보는 일은 누나에게 맡겨졌습니다. 형은 군대에 가며 다른 것은 하지 말고 소나 잘 기르면 된다고 했는데 아버지는 그러지 않았습니다. 그 이듬해부터 한 해에 소를 7~8마리씩 팔기 시작했습니다. 무, 배추, 양배추, 당근 등 채소 농사를 크게 확대한 것이지요. 농사는 아주 잘되었습니다. 그렇지만 판로가 문제였습니다. 밭떼기로 넘기지 않은 게 문제였습니다.

그 이듬해에 아버지는 소를 서너 마리만 남기고 모두 팔았습니다. 채소 농사를 더 크게 벌였습니다. 채소는 풍작이었습니다. 채소거래상이 거래를 원했지만, 아버지는 무려 200만 원을 불렀습니다. 엄청난 금액이었습니다. 협상이 결렬되자, 아버지는 트럭을 불러 채소를 출하하기 시작했는데 왜 서울이 아니고 안양으로 갔는지 모르겠습니다. 20번째로 트럭에 채소를 싣고 떠난 아버지는 한 달이 넘도록 소식이 없었습니다. 엄마가 안양까지 찾아가 보니 아버지는 경기도 연천 지역에 채소 장사로 나섰다는 말만 듣고 그냥 돌아섰습니다.

한 달 그리고 며칠 더 지나서 돌아온 아버지는 차림새가 너무 허름했습니다. 채소 장사에 대해서는 물어볼 필요도 없었습니다. 엄마는 앓아누웠습니다. 아버지는 일본에서 성공했던 쌀장사와 같은 사업의 꿈을 버리지 못했습니다. 여러 차례 사업에 실패하던 중 마지막 실패였습니다. 다시는 사업에 대한 꿈을 갖지 못하도록 타격을 받았습니다. 이후 아버지는 다른 어떠한 사업도 시도하지 못했습니다.

채소 농사와 사업은 투기성이 있습니다. 채소 농사는 3년에 한 번 성공하면 된다는 말도 있습니다. 채소 농사는 연이어 성공했지만 채소 장사는 한 번에 완전히 거덜 났습니다. 요즈음 영끌이라는 말로 시끄럽습니다. 아버지가 영혼까지 끌어다 투자했는지는 모르지만, 과도한 시도였다는 생각이 뇌리를 떠나지 않습니다.

책임

내비게이션이 없을 때 자동차 운전기사는 도로 표지판에 의지해 원하는 곳을 찾아갔습니다. 그런데 시골이나 산골은 표지판이 아예 없기에 운전기사는 화물의 주인이 안내하는 대로 운전하면 되었습니다.

중학교 1학년 여름 어느 토요일이었습니다. 아버지가 원주에서 하숙집으로 전화했습니다. 하숙집 근처 농협에서 비료를 사 놓았고 트럭을 보내 싣고 있으니, 저더러 트럭을 인솔해서 산골 집으로 가라고 했습니다. 이미 트럭 운전사에게 어느 시각 어느 지점에서 대기하라고 일러 놓았답니다. 가방을 챙겨 약속 장소에 갔더니 비료를 실은 트럭이 있었습니다. 그런데 조수석에는 이웃집 아저씨가 타고 있었습니다. 아저씨는 창밖을 내다보며 말했습니다. "너는 집에 갈 필요 없다. 공부나 해라!"는 말씀에 저는 "아버지가 트럭에 타라고 했는데요?"라는데도 그 아저씨는 "걱정할 것 없다!"며 운전사에게 출발을 재촉했습니다. 저는 하숙집으로 발길을 돌렸습니다.

저는 그다음 주말 집에 갔는데 사달이 났습니다. 저 대신 트럭을 인솔한 아저씨는 도중에 트럭을 세우고 상당한 양의 비료를 팔아 챙겼습니다. 그것도 질소 비료만 쏙 빼내서 말입니다. 그 당시 농협에서는 질소·인산·가리 세 종류의 비료를 섞어서 판매했는데 인산·가리 비료는 거의 쓸모가 없었습니다. 버리지도 못하고 그저 밭 귀퉁이에 쌓아 두는 형편이었습니다.

아버지는 뒤늦게 귀가해서 상당량의 질소 비료가 사라진 것을 확인했습니다. 당연히 엄마는 펄펄 뛰었습니다. 엄마는 당장 그 아저씨를 고발해야 한다고 언성을 높였는데 아버지는 묵묵부답이었습니다. 저도 아버지에게 그 아저씨를 만나 보기라도 해야 한다고 말했지만, 아버지는 그마저도 아무런 대답을 하지 않았습니다. 아버지는 그날 제가 트럭을 인솔하지 못한 이유를 묻지 않았습니다. 제가 말하는 것만 듣고 끝냈습니다. 저는 책임을 다하지 못한 꾸중을 염려했는데 아니었습니다.

그해 겨울 방학 때였습니다. 아버지와 저는 숙부님 댁을 방문하게 되었습니다. 초등학교 입학 직전에 엄마와 함께 한 번 가 본 적이 있었는데 꼬박 하루가 걸렸습니다. 200킬로미터가 안 되는 거리인데도 직행과 완행을 번갈아 타며 힘들게 갔던 기억이 났습니다.

아침 일찍 출발했습니다. 아버지는 출발하자마자 길에서 저를 불러 세웠습니다. 엄마가 건넨 돈뭉치를 주며 "네가 앞장서서 안내해 봐라!" 하시는 말씀에 저는 겁이 덜컥 났습니다. 엄마를 따라가기만 했던 제가 기억을 더듬어 아버지를 안내한다는 게 불안하기 짝이 없었습니다.

산길을 두 시간 걸어 버스 정류장에 닿았습니다. 돈뭉치에서 동전을 찾아 버스요금을 냈습니다. 한 시간 만에 읍내 버스 정류장에 내려 아버지를 대기실로 모시고, 다음 목적지 승차권을 샀는데 안내판의 지명이 헷갈렸습니다. 그 지명으로 가는 버스가 기다리는 곳인지 아니면 그 지명에서 오는 버스가 기다리는 곳인지를 말입니다. 저는 그 지명으로 가는 버스가 대기한다는 것을 안내원에게 물어보고 나서야 알았습니다. 당연한 것을 뒤늦게 알고 안심이 되었습니다.

게다가 여비가 모자랄 걱정에 직행과 완행을 어느 정도 안배해서 승차권을 사야 하는지도 문제였습니다. 그렇다고 직행 요금과 완행 요금을 다 계산해 보기도 힘들었습니다. 그런데도 저는 그냥 직행과 완행을 반반씩 타기로 정했습니다. 그리고 아버지 식사도 마련해야 했습니다. 아버지가 어떤 음식을 좋아할지, 엄마 요리 같은 게 식당에 있을지도 의문이었습니다. 식당에 들어갔다가 그냥 나오면 식당 주인이 화낼 텐데 어쩌나 하는 등의 걱정도 이어졌습니다.

어느 읍내에서 저는 아버지에게 점심 식사를 권하며 앞장섰습니다. 한식, 중식, 양식 식당 간판을 쳐다보다 양식은 전혀 모르니 제외했습니다. 그때 짜장면 맛이 생각나며 입에 침이 고였습니다. 아버지를 중화요리 점으로 안내했습니다. 짜장면과 짬뽕을 주문했습니다. 또 아버지가 좋아하는 막걸리도 시켰습니다. 고량주를 알았더라면 더 좋았을 텐데 그러지 못했습니다.

200킬로미터도 안 되는 거리를 여행하는데 거의 하루가 걸렸습니다. 버스를 갈아타고, 직행과 완행을 번갈아 타고, 다음 버스를 기다리는 사이에 흘러가는 시간이 많았습니다. 게다가 마지막 완행버스에서 내리는 곳을 지나치는 바람에 겨울 눈길을 한참 동안 되돌아오는 실수도 했습니다.

숙부님 댁에서 돌아오는 길은 아무렇지 않았습니다. 훨씬 시간을 절약하며 쉽게 귀가했는데 돈도 꽤 많이 남은 것 같았습니다. 집에 들어서기 직전에 아버지는 저를 다시 불러 세웠습니다. 돈이 얼마나 남았느냐고 물었습니다. 주머니에서 지폐와 동전을 꺼내 아버지에게 보였더니 바로 "잘했다. 그건 네가 쓰거라!" 하셨습니다. 아버지는 동행하는 내내 제게 아무런 말씀이 없었습니다. 어쩌다 "오냐!" 정도의 말씀만 했습니다. 그저 제가 하는 대로 묵묵히 따르기만 했습니다.

아버지는 아들에게 책임 의식이나 독립심을 심어 주려 했던 것 같습니다. 산골에서 자라며 보고 듣는 게 부족하다 보니 그런 식으로라도 세상 물정을 가르쳐 주려 했던 것이었습니다. 그 과정에서 제가 물어도 "네가 알아서 하라!"며 아무런 말씀이 없었던 것도 아버지가 가르치는 방식이었습니다. 결과가 잘못되었어도 저를 나무라지 않았습니다. 어리숙한 아들을 깨우치는 한 방법이었습니다. 아버지는 그런 분이었습니다.

라면

    1963년에 대한민국 최초의 라면이 출시되고 몇 년 후 저는 인근의 군인이 주말에 외출해서 건네주는 라면을 처음으로 만났습니다. 군인이 우리 집을 찾아와 라면을 내놓으며 끓여 달라고 했습니다. 그때 군인과 함께 끓인 라면을 먹었습니다. 기름기 있는 음식을 좋아하지 않았기 때문인지 라면이 느끼하다는 생각이 오래갔습니다. 생라면은 초등학교 입학 전에 직접 사서 먹어 봤습니다.

    중학교에 입학하며 주말이면 저는 40리 길을 걸어 집으로 갔습니다. 그 중간에 두 고모 집이 있었습니다. 20리 길을 걸어 작은고모 집에 들르면 작은고모는 제가 라면을 좋아하지 않는 걸 알고 있었습니다. 그렇다고 밭에서 일하던 중에 칼국수를 해 먹일 상황도 아니었습니다. 작은고모는 라면에 된장을 풀었습니다. 작은고모는 제가 된장 라면을 잘 먹는 것을 흡족하게 바라봤습니다. 그 이후부터 작은고모는 텁텁하지 않게 고추장도 조금 풀고 파를 듬뿍 넣어 제가 잘 먹도록 신경을 썼습니다.

제가 라면을 먹는 동안 작은고모는 화롯불에 옥수수를 따서 찌거나 구웠습니다. 특히 찐 옥수수를 다시 구우면 그 맛이 일품이었습니다. 감자나 고구마를 굽기도 했습니다. 작은고모는 농사일로 바쁘면서도 싫은 내색 없이 구운 먹거리를 종이봉투에 넣거나 신문지에 싸서 가방에 넣어 주었습니다. 이어서 흐르목재를 넘어 개울에서 쉴 때 고구마를 먹고, 지르메재를 넘어 물아구리에서 쉴 때 옥수수를 먹고 말등어리 고개를 오르라는 당부를 하고서야 손을 흔들었습니다.

집에서 하룻밤을 자고 일요일 저녁 무렵에 20리 길을 걸어서 큰고모 집으로 갔습니다. 작은고모 집을 또 들르기가 민망하기도 하거니와 큰고모 집을 들르지 않으면 섭섭해할까, 걱정도 들었습니다. 그러면 큰고모는 밥, 국수, 라면을 번갈아 내놓았습니다. 이때 큰고모도 제 식성을 알았기에 된장 라면을 끓였습니다. 큰고모 집에서 일요일 하룻밤을 자고 월요일 아침에 버스를 타면 등교가 수월했습니다.

집에서는 라면을 한두 박스씩 사 놓고 먹기는 했지만, 아버지나 저는 라면을 그리 좋아하지 않았습니다. 엄마의 칼국수를 더 좋아했습니다. 다만 저와 누나는 라면이 있을 때마다 과자처럼 생라면을 즐겨 먹었습니다. 그러던 어느 날

아버지가 겨울을 앞두고 트럭으로 생필품을 사 올 때 라면을 20박스나 싣고 왔습니다. 엄청난 양이었습니다. 생라면이든 끓인 라면이든 라면은 입에 대지도 않고 오로지 국수만 좋아하는 아버지였는데 말입니다. 라면을 보고 감격하는 저와 누나에게 아버지는 짧게 한마디 했습니다. "많이 먹어라!"

고등학교 때는 라면을 거의 먹지 않았던 것 같습니다. 그러다 대학 입학 후 자취할 때 그 양이 늘었습니다. 한 끼 요리로는 제일 만만했기 때문입니다. 그렇지만 제가 끓여 먹은 라면의 양은 친구의 라면 총량과는 비교가 되지 않았습니다.

지금도 아주 가깝게 지내는 그 친구는 대학 근처에서 다른 친구와 함께 자취했습니다. 그들은 제가 보기에 밥보다 라면이 주식이었습니다. 그 근거가 있습니다. 친구 집 앞의 식료품 가게에 외상장부가 있었는데 모두가 라면 기록이었습니다. 날짜별로 살펴보니 거의 매일 4~5봉지의 라면값을 기록해 놓았더군요. 학교가 가깝다 보니 학과 친구들도 무시로 드나들었습니다. 어떨 때는 제가 그 친구 집에 들어가다 발길을 되돌린 적도 있었습니다. 방에 친구들이 너무 많아 앉을 자리가 없어서였습니다.

어느 해 늦가을 오후였습니다. 그 친구 집에 학과 친구들 열댓 명이 들이닥쳤습니다. 출출했던 친구들은 라면을 내놓으라고 떼를 썼습니다. 친구는 집 앞 가게로 가서 라면 25봉지를 사 왔습니다. 그런데 연탄불이 시원찮았어요. 석유풍로가 있기는 하나 소형이었습니다. 친구가 작은 석유풍로에 커다란 양은솥을 올려놓고 물을 데우는데 화력이 약했습니다. 석유 주입구를 열고 입으로 바람을 불어 넣자, 불길이 세지며 물이 끓기 시작했습니다. 라면 25봉지 비닐을 뜯는 것도 한참 걸렸습니다. 끓는 물에 라면을 넣고 다시 어지럼증을 견뎌 내며 입으로 바람을 계속 불어넣었습니다. 얼마 후 친구는 방 안에서 라면이 늦게 나온다며 푸념하는 밉상들을 달래며 라면 끓이기를 마쳤습니다.

저는 친구가 라면을 끓이느라 진땀을 빼는 도중에 안으로 들어섰습니다. 방 안에 있는 녀석들이 아귀 떼처럼 보였습니다. 아니나 다를까. 그 커다란 양은솥에 넘칠 듯이 가득한 라면을 열댓이나 되는 아귀들이 나무젓가락과 빈 그릇 하나씩 들고 달려들었습니다. 순식간에 양은솥이 텅 비어 갔습니다. 제가 구경하다 말고 "야야! 라면 끓인 애는 굶게 생겼다. 좀 남겨 놔라!" 하니 몇몇이 미안한 표정을 지으며 젓가락을 내려놓고 뒤로 물러났습니다. 얼마 후, 양은솥에는 라면 국물이 한 방울도 남지 않았습니다. 혀로 핥아먹은 것 같았습니다.

대학 졸업을 앞두고 부산에 살 때였습니다. 이웃에 백두급 씨름 선수가 있었습니다. TV에서 볼 때보다 훨씬 커 보였습니다. 어느 해 겨울 일요일 오전에 횟집 아들인 그를 만났습니다. 가게에는 연탄난로 위에 물 양동이가 올려져 있었습니다. 그 씨름 선수는 20개나 되는 라면 비닐봉지를 모두 뜯어 하나하나 양동이에 넣었습니다. 그러고는 아주 긴 젓가락으로 계속 뒤집으며 20봉지를 모두 끓였습니다. 마지막으로 국물을 모두 버린 다음 고추장을 크게 몇 숟갈 퍼넣고 비비기 시작했습니다. 고추장으로 비비는 것도 한참 걸렸습니다.

제게 "좀 드실래요?" 하기에 저는 아침을 먹었다며 사양했습니다. 난로 곁에서 불을 쬐던 저는 아연했습니다. 후루룩후루룩 소리가 몇 번 나지도 않았는데 그는 라면을 모두 흡입하고는 냅킨으로 입을 닦는 것이었습니다. 저는 직접 보았으면서도 너무 놀라 벌어진 입을 다물지 못했습니다.

결혼 이후 네 식구가 되며 가끔 라면을 찾았습니다. 두 딸이 짜장면만큼이나 좋아했습니다. 특히 어린 두 딸이 호로록거리며 먹는 모습을 보려고 라면 끓이기를 재촉했습니다. 두 딸과 라면을 먹으며 함께 호로록거리던 엉뚱한 짓도 추억이 되었습니다.

요즈음 저는 라면을 거의 먹지 않습니다. 그렇지만 함께 라면을 먹던 가족, 친지, 친구들이 자꾸 생각납니다. 그들 중 이미 고인이 된 분들이 여럿 있습니다. 저는 그 라면만 먹은 게 아니었습니다. 그분들의 사랑도 먹었습니다. 라면 에 사랑을 담았던 그분들 얼굴이 아련합니다. 어느 날 시간 내어 된장 라면을 끓여 내고 싶습니다.

불쾌한 아버지

술은 누가 마실까요. 전 세계적으로 술이 없는 곳은 없다니 술은 모든 사람이 마신다는 얘기가 됩니다. 그렇다면 왜 마실까요. 여러 가지 이유를 달며 마시지만, 제겐 망우물(忘憂物), 즉 근심을 잊게 하는 물이라는 말이 와닿습니다. 산다는 것은 부처님 말씀 일체개고(一切皆苦)처럼 모든 게 고통입니다. 그 고통을 잊게 하는 데 술만 한 것도 드뭅니다.

그 술을 저는 초등학교 때부터 마셨습니다. 할아버지는 엄마에게 술이 익었는가를 확인하고 나면 술상을 차리게 했습니다. 그리고 아버지와 저를 함께 앉도록 했습니다. 평소 먹던 밥그릇에 할아버지가 따르는 술을 받아 놓고 함께 술을 마셨습니다. 어린 제가 얼마 마시지도 않아 벌건 얼굴이 되어 식식거리며 힘들어해도 할아버지는 저와 아버지를 놔주지 않았습니다.

할아버지 말씀 중에 특히 기억나는 건 "술 먹고 말하지 마라!"였습니다. 술 먹고 말해 봐야 모두 헛말이 될 터이므로 말을 하지 못하게 했습니다. 술 마시고 하는 말은 실수하기 딱 좋으니 말하지 말라고 했습니다. 아버지나 저나 입을 다물고 일방적인 말씀을 듣는다는 게 여간 괴로운 게 아니었습니다.

할아버지는 한참 시간이 지나서야 "이제 나가 봐라!" 했습니다. 할아버지 말씀이 떨어지자마자 밖으로 나온 아버지는 제일 먼저 담배를 피워 물었습니다. 저는 비틀거리며 방 한 귀퉁이에 고꾸라졌습니다. 어린 나이에 막걸리 몇 잔은 비록 밥그릇에 가득 채우지 않았지만 과했습니다. 엄마는 할아버지처럼 술을 마시면 술이 화가 될 일이 없다고 했습니다. 할아버지는 어디 가서 술을 마시고 오셔도 술 마신 표시를 내지 않았답니다.

그런데 아버지는 술 마신 표시가 종종 났습니다. 특히 제가 다니던 학교에서였습니다. 시골 분교는 규모가 워낙 작아 한 해의 종업식과 졸업식을 함께 했습니다. 우등상을 받는 저는 앞에 나가 상을 받는 연습을 하고 있었습니다. 상을 받은 다음 교장 선생님, 좌우의 내빈, 관객들까지 총 네 번의 인사를 하는 과정이었습니다. 그런데 내빈석에서 숙취로 졸고 있는 아버지를 보는 순간 정신이 아찔했습니다. 누나도 우등상을 받을 텐데 어쩌나. 이때 어느 선생님이 인상을 찌푸리며 고개를 가로젓는 모습에 상장을 팽개치고 싶었습니다.

중학교 2학년 늦가을 오후였습니다. 담임 선생님 부름에 교무실로 달려갔습니다. 한동안 소식이 없던 아버지가 이발은커녕 텁수룩한 수염과 불콰한 얼굴로 저를 찾아왔습니다. 여러 선생님이 저를 칭찬하며 아버지와 함께 하숙집으로 가라고 하기에 교실로 돌아가 가방을 챙겨 나왔습니다. 아버지와 함께 운동장을 가로질러 하숙집으로 가는 중에 아버지가 선생님들의 말씀을 꺼냈습니다.

"선생님들이 네 하숙을 옮기라고 하니 짐을 싸거라!"

"왜 옮기래요?"

"네가 허구한 날 자전거포에서 일만 하니 선생님들이 당장 옮겨 주라고 이구동성이었다."

"근데 아버지, 한 달 넘게 어디 계셨어요?"

"으음, 그건 나중에 얘기하마."

고등학교 2학년 봄에 아버지가 부산에 있던 저를 찾아왔습니다. 그렇지만 사실 저를 찾아온 것은 예정에 없던 일이었습니다. 그날 저녁 식사 후 저는 학교를 떠나는 선생님께 인사를 드리고 돌아오는 중이었습니다. 기숙사 방 출입문을 열고 들어서니 얼굴이 불콰한 아버지가 제 친구들과 이야기를 나누고 있었습니다. 갑작스러운 상봉이지만 아들을 만나러 오는 아버지가 술에 취한 게 창피했습니다. 아버지는 술에 취하다 보니 헛말이 나올 수밖에 없었습니다. 저는 얼른 일어서서 아버지 손을 잡아끌었지만, 아버지는 하던 말씀을 마저 하시려고 제 손을 뿌리쳤습니다. 다시 억지로 잡아끌다시피 해서 기숙사를 나왔습니다. 운동장을 가로질러 가며 후문 아치 기둥 근처에서 물었습니다. "아버지, 연락도 없이 어떻게 오셨어요?" 했지만, 아무런 대답이 없었습니다.

대학 입학 후 3월 말경이었습니다. 마지막 수업을 마치고 친구들과 귀가하는 길에 대학 건물 뒤편 계단을 오르는데 계단 위쪽에 남루한 옷차림의 아버지가 보였습니다. 저는 흠칫 놀라 멈춰 섰습니다. 그야말로 어쩐 일이란 말인가요. 아버지와 저는 친구들이 다 지나가도록 아무 말 없이 서 있었습니다. 한참 후 제가 앞장섰습니다. 곳곳에 공사장 자재가 수북이 쌓여 있는 한적한 곳을 골라 아버지와 마주했습니다. 막걸리를 드신 것 같았습니다. 작업장에서 일하던 옷차림, 빗지 않은 머리, 텁수룩한 수염 등을 바라보며 그저 착잡했습니다. 제가 말쑥한 양복에 깔끔한 구두를 신고 있어서 더 그랬을까요.

술이 고통을 잊게 하는 면이 있지만 어릴 때 할아버지와 마신 술은 고통을 만들어 냈습니다. 그렇지만 그 덕택에 저는 술에 취하면 입을 꾹 다무는 습관이 생겼습니다. 훗날 술을 마시던 친구들은 제가 말하지 않으면 화났다며 집에 가자고 했습니다.

저는 즐겁거나 괴로울 때 모두 술을 마셔 봤습니다. 괴로울 때 마시는 술은 그때뿐이고 술이 깨고 나면 마찬가지였습니다. 그래서 괴로울 때는 가능한 한 술을 피하려 했습니다. 오히려 음악을 듣는 게 훨씬 나았습니다.

아버지가 어떤 고통을 잊으려 술을 마셨는지는 모르겠습니다. 그렇지만 아들을 만나러 올 때마다 아버지는 왜 술에 취해야 하는지 알 수가 없었습니다. 부모님 모두 멀리 떠났지만, 여전히 이해하지 못합니다. 그 사이에서 아버지를 바라보며 속을 끓였을 엄마는 얼마나 힘들었을까요. 어쩌면 선생님에 대한 결례를 넘어서는 그 무엇이 아버지에게 있었는지도 모릅니다. 그렇지 않고서야 아들이 다니는 초·중·고·대 네 학교를 불쾌한 얼굴로 방문하는 까닭을 설명할 길이 없습니다.

소용돌이

    할아버지는 잔병이 거의 없는 분이었지만 구순이 넘은 어느 날 작은고모 집에서 발병했습니다. 정확히 보름을 앓고 운명하셨는데 12일 동안은 요강을 스스로 치웠습니다. 마지막 3일만 거동이 안 돼 아버지가 요강을 치웠습니다. 수발은 아버지가 거의 다 했는데 임종은 엄마가 지켰습니다. 종신자식은 따로 있다는 말씀이 맞는 것 같습니다.

    아버지 형제분들이 모두 다녀갔고 장례 절차도 어느 정도 협의가 된 상태였습니다. 할아버지는 바라던 대로 화장했습니다. 이때 둘째 고모네 형이 큰 몫을 했습니다. 요즈음은 모두 병원에서 장례를 치르지만, 그때는 집에서 장례를 치르는 게 일반적이었습니다.

    장례는 동네 사람들의 도움이 절실한데 우리 집은 이사한 지 3년밖에 되지 않은 탓에 동네 협조를 받지 못했습니다. 사실 그보다는 가난이 더 문제였습니다. 19마리나 되는 소가 외양간에 가득할 때는 집 안팎으로 오가는 사람들로 붐볐습니다. 그런데 외양간이 텅 비자마자 지나가는 어중

이뗘중이들도 금방 알아봤습니다. 그런 분위기가 할아버지 장례에도 그대로 드러났습니다.

누구를 탓할 것이 없었습니다. 그렇게 외딴 산골에 살 때도 오가는 사람들이 버글거렸지만, 가세가 기울어진 집의 장례에 파리 날리는 것은 당연했습니다. 사람 심리는 미묘합니다. 도와주기 싫으면 오지 않으면 되는데, 마음에 없으면서도 나타나서 거들먹거리며 염장을 지르는 사람들이 있었습니다. 이게 바로 할아버지 장례가 끝나자마자 이사하는 원인 중의 하나가 되었습니다.

형은 할아버지 장례 이후 백일상, 소상, 대상 등의 상이 남아 있는데 야반도주하듯 이사를 강행했습니다. 할아버지 장례가 끝난 지 겨우 한 달 만의 일이었습니다. 부모님 반대를 무릅쓰고 형은 이런 동네에 뿌리를 내리고 살 필요가 없다고 생각했습니다.

가족이란 오래 살아야 합니다. 비록 병상에 있을지라도 말입니다. 그렇게 살아 있는 사실만으로도 남은 가족에게 힘이 되기도 합니다. 40대 초반에 떠난 할머니가 조금만 더 살았어도 엄마의 삶이 그토록 처절하지는 않았을 것입니다. 또 구순의 할아버지가 한 해만 더 살았어도 아버지의 삶이 그토록 비극적이지는 않았을 것입니다.

죽음이 삶을 갈라놓는다는 말은 전적으로 옳습니다. 어떤 어려움이 있더라도 사람은 살아 내야 합니다. 그것도 아주 오래오래 살아야 합니다. 그래야 주변에 엉킨 실타래를 그나마 오랫동안 유지하게 할 테니 말입니다. 특히 집안 어른이 삶을 마감한다는 것은 엉킨 실타래를 푸는 게 아니라 끊는 것이기 때문입니다.

할아버지가 멀리 떠나며 우리 집은 격렬한 소용돌이에 휘말렸습니다. 상상할 수 없는 고통이 아버지와 엄마를 덮쳤습니다. 항일 시기나 6.25전쟁보다 더 심하게 말입니다. 환갑을 코앞에 둔 산골 노인들이 도시에 마음 붙이고 살기란 어려웠습니다. 그것도 타의에 의한 이사였으니 더 그랬을 것입니다. 그러니 7개월 만에 여덟 번이나 이사를 거듭하며 고3이 된 저까지 휘말린 소용돌이에서 벗어날 길이 없었습니다.

막노동을 전전하던 아버지는 수시로 해고되며 기력을 잃어 갔습니다. 엄마라고 다르지 않았습니다. 공장에 취직했던 엄마는 나이가 많다며 6개월을 넘기지 못하고 해고되었습니다. 게다가 아버지에게 병마가 드리우기 시작했습니다. 3년여를 시달리던 아버지는 고향을 떠난 지 6년이 지나던 해에 군대 간 저를 찾으며 눈을 감았습니다.

엄마 또한 아버지가 멀리 떠난 후 30년을 더 사셨지만, 마음 편한 날이 드물었습니다. 아버지가 살았을 때나 떠났을 때나 주변에서는 부모님이 저와 함께 살아야 한다고 했습니다. 역술에 밝은 아버지 지인들의 말씀이었습니다. 부모님과 형이 함께 사는 게 좋지 않다고 했지만 그렇게 하지 못했습니다. 산골에서 부산으로 이사할 때나, 부산에서 서울로 이사할 때도 마찬가지였습니다. 형이 상경하며 엄마는 부산에 남기를 원했습니다. 창원에 사는 누나 가까이 사는 게 낫다고 생각했지만 생각뿐이었습니다.

서울에 온 엄마는 9년 만에 팔순이 지난 나이에 형 집에서 나와 홀로 귀향했습니다. 엄마 혼자 사는 집을 제가 2주마다 들렀는데 그것도 9년 만에 끝났습니다. 엄마는 결혼 초에 아버지 징용으로 9년, 말년에는 두 불효자의 외면으로 9년을 외롭게 살다 멀리 떠났습니다.

저는 죽어서도 아버지를 뵐 낯이 없습니다. 고3 때야 그렇다 하더라도 한 가정을 이룬 제가 엄마에게 따뜻한 밥 한 끼 해 드리지 못했기 때문입니다. 뒤늦게 성묘하며 밥 한 끼 지어 올리는 게 무슨 의미가 있을지 그저 부끄럽기만 합니다.

이사

　이사라는 말을 접하면 저는 집이 아니라 방이 생각납니다. 산골에서 열댓 칸이나 되던 집에서 살다가 도시의 허름한 단칸방을 전전하다 보니 그렇게 되었을 것입니다. 어떻게든 도시살이를 접고 싶은 마음이 방이라는 말에 투사된 흔적일 수도 있습니다. 이사는 할아버지 장례 직후부터 시작되었습니다. 어쩌면 할머니 장례와 함께 시작된 이사와 비슷하기까지 합니다. 가정사도 반복되는 모양입니다.

　할아버지 장례가 끝나자마자 겨우 한 달 만에 아버지가 부산으로 이사했습니다. 아버지가 다시 집을 짓고 3년도 채되지 않았을 때입니다. 물어물어 부산 남항이 내려다보이는 언덕집을 찾아간 저를 기다리던 엄마와 아버지는 눈물이 그렁그렁했습니다. 이것으로 3년 전에 집을 지으며 그곳에서 생을 마치겠다는 아버지의 꿈은 사라졌습니다. 이게 아버지 나이 59세 되기 직전의 첫 이사 풍경입니다.

　아버지는 당신의 뜻과 상관없이 도시살이가 시작되었지만, 이것은 향후 6년간 이어질 고난을 알리는 시작에 불과

했습니다. 아버지는 산골에서 부산으로 이사를 시작하여 7개월 동안 무려 여덟 번이나 짐을 쌌습니다. 엄마가 "이사할 때마다 부지깽이 하나라도 줄어든다."며 만류해도 소용이 없었습니다.

아버지는 왜 그렇게 자주 이사했을까요. 방세를 내지 못해 쫓겨나지는 않았지만 쉴 새 없이 짐을 쌌습니다. 술이 얼큰해질 때마다 "강원도로 가야지!"라는 말씀을 자주 했습니다. 제가 곁에서 "아버지, 저와 같이 가요!" 하면 "오냐!" 대답과 함께 얼굴이 확 펴지곤 했습니다.

저는 할아버지가 구순을 넘도록 장수했듯이 아버지도 칠팔십은 거뜬히 살아 낼 것으로 믿었습니다. 할아버지가 떠나고 겨우 6년 만에 떠난 아버지가 그립습니다. 엄마는 "아버지는 고향을 뜨며 이미 죽은 거야!" 하셨습니다. 그토록 가고 싶었던 고향을 다시는 밟아 보지 못해서 일찍 떠난 것인가요.

아버지는 살아서 귀향은커녕 유해조차 귀향하지 못했습니다. 뜻대로 안 되는 게 인생이듯 아버지의 삶은 어긋난 길에서 제자리를 찾지 못하고 겨우 영혼만의 귀향으로 끝났습니다. 제가 군 복무 중이었다는 변명으로 넘기기도 어렵습니다. 또 군 제대 후의 사정도 변명의 여지가 없습니다.

저는 총각 시절에 하숙하며 이사를 몇 차례 했습니다. 혼자 사는 몸이 이불보와 옷 가방만 있으면 될 텐데 그렇지 못했습니다. 책을 사 모으기 시작하며 이사할 때마다 골칫거리가 되기도 했습니다. 책은 하숙집 눈치를 피해 친척 집에 맡겨 놓기도 하고, 친구 집에 맡겨 놓기도 하며 빗물과 습기에 젖기도 했습니다. 한 번은 그 책 때문에 하숙집에서 쫓겨나기도 했습니다.

결혼 이후에도 그런 행태는 달라지지 않았습니다. 아내가 눈치를 줬더라면 그만두었을 텐데 그렇지 않았습니다. 두 딸이 커 가는데도 집을 마련할 생각보다는 책만 쳐다보았으니 그걸 바라보는 아내 심정은 그저 기막혔을 것입니다. 아내에게 미안하다는 말 한마디로 그때를 모면하기가 부끄러울 뿐입니다. 이사할 때마다 책과 LP 음반은 이사 업체에서도 꺼릴 정도였습니다. 웃돈을 요구하는 곳도 있었습니다.

어느 해 봄에 전세방 천장에서 뜨거운 물이 흘러내렸습니다. 위층 보일러 시설이 낡아 물이 아래층으로 스며 나온 것이었습니다. 이때 아내는 과감히 집을 사겠다고 결정했습니다. 미지근한 제가 더듬거리는 것을 더는 안 되겠다고 판단한 것이었습니다.

아버지의 잦은 이사로 힘든 고등학교 시절을 보냈으면서도 제가 얻은 교훈이 없었습니다. 2년 또는 4년마다 이사를 거듭하면서도 타성에 젖은 게 더 큰 문제였습니다. 요즘 젊은이들이 쓰는 영끌이라는 말도 몰랐습니다. 그저 한심할 뿐입니다.

시골에서 잔뼈가 굵어 도시로 나온 후 처음으로 집을 마련했을 때의 감격은 대단했습니다. 집을 사며 이사라는 말은 제 곁에서 사라졌습니다. 새로운 삶이 시작되었습니다. 이와 함께 반성해야 할 게 남아 있습니다. 남들은 결혼 전부터 일찌감치 제집 마련의 꿈을 위해 애쓰는데 저는 제 책이나 마련하려는 짓으로 가족을 힘들게 했습니다. 그것을 참아낸 아내를 어떻게 위로해야 할지 모르겠습니다. 그마저도 뒤늦게 말입니다. 여보, 정말 미안해요!

가묘

어느 날 새벽에 아버지는 잠든 저를 깨웠습니다. "군대, 잘 다녀오너라!" 하시고는 엄마와 함께 길을 나섰습니다. 아버지는 간경화로 배에 복수가 차서 불룩한 배를 끌어안고 고향 사촌 형 결혼식에 참석하러 떠났습니다. 저는 잠결에 "네, 잘 다녀오세요!"라고 한 게 아버지와의 마지막 대화일 줄은 몰랐습니다. 군에 입대하기 며칠 전의 일이었습니다.

입대 후 4개월이 되었을 무렵 사흘 내내 아버지가 꿈에 나타났습니다. 부대 경비 초소에서 보초를 서며 몹시 궁금했는데 그날 오후에 전화가 왔습니다. 이어서 부대 인근의 외가 사촌 형이 저를 찾아왔습니다. 연말 연휴라 아직 관보가 도착하지 않았지만, 아버지 장례식이 있는 부산까지 가려면 서둘러야 했습니다.

그날이 12월 31일이었는데 대대장을 비롯한 장교들은 모두 스케이트장에 있었습니다. 저와 소대장 그리고 사촌 형은 버스, 택시 등을 갈아타며 눈과 얼음으로 뒤덮인 논밭 사이에 있는 스케이트장을 찾아갔습니다. 대대장을 만나 휴가 허락을 받고 연대본부로 갔습니다. 청원 휴가인데 담당자는 휴일을 포함해서 겨우 5일을 주었습니다. 소대장이 휴일을 제외해야 한다고 우겼지만 받아들여지지 않았습니다.

휴가증을 받고 외가로 갔습니다. 외가에 도착하니 인근에 근무하던 사촌 형 친구인 부사관이 차를 몰고 뒤따라 들어왔습니다. 시골에서 교통이 좋지 않은 상황을 아는 그분은 사촌 형을 도우려 했지만 서로 길이 어긋나 뒤따라온 것이었습니다.

외숙부 내외분을 모시고 서울역에 도착하니 역 구내에 들어설 수가 없을 만큼 많은 인파가 광장을 가득 메우고 있었습니다. 입석 표를 힘겹게 얻어 열차에 올랐지만, 건강이 좋지 않은 외삼촌이 앉을 자리는커녕 어느 한쪽에 기대고 서 있을 자리도 없었습니다. 대전에 이르러서 겨우 빈자리를 찾아 외숙부 내외분을 앉혀 드리고 저는 동대구에서 자리에 앉았습니다.

새벽에 외숙부 내외분과 집에 들어서니 아버지는 눈을 감은 채 이미 굳어 있었습니다, 아버지 몸을 이곳저곳 만져봐도 그저 싸늘할 뿐이었습니다. 저는 눈물도 나지 않았습니다. 허무한 마음을 어찌할 수 없었습니다. 다음 날 아버지는 화장터에서 한 줌의 재로 변했지만, 저는 그 재를 고향에 가져갈 생각을 하지 못했습니다. 제정신이 아니었기에 집안 어른들이 하라는 대로 따를 뿐이었습니다. 그리하여 유해는 부산 영도에서 남항이 보이는 언덕 위에 뿌려졌습니다.

군 제대 후부터 저는 부산에 갈 때마다 그 언덕을 찾았습니다. 그곳에서 한참 동안 바다를 바라보다 엄마와 형이 사는 집으로 갔습니다. 그러던 어느 날 꿈이 이상했습니다. 그 언덕은 물이 없는 곳인데 홍수가 났습니다. 언덕 전체가 물에 휩쓸려 진흙탕물이 넘쳐흘렀습니다. 서울에 있던 저는 즉시 기차로 부산역을 거쳐 그 언덕을 찾았는데 황망한 광경에 넋을 잃었습니다. 아파트 단지가 조성되며 그 언덕이 아예 사라졌습니다.

그날 이후부터 저는 거의 매일 꿈에 시달렸습니다. 아버지가 매일 나타났습니다. 삼 남매 중에 제 꿈에만 나타나는 것도 이상했습니다. 무려 15년이 넘도록 시달리던 저는 '또 다른 나' 같은 친구에게 그 사실을 털어놨습니다. 친구는 가묘를 만드는 게 좋겠다고 했습니다. 저는 흔쾌히 받아들였습니다. 그해 초겨울에 친구 부부와 함께 고향을 찾았습니다. 산속 집터 뒷산 양지쪽에 그동안 제가 간직해 왔던 아버지 유품을 모두 묻었습니다.

신기하게도 효과는 즉시 나타났습니다. 그날 이후부터 저는 아버지 꿈을 꾸지 않았습니다. 또 고향 꿈을 꾸더라도 아버지는 거의 보이지 않았습니다. 꿈에서 완전히 사라지지는 않았고 명절이나 기일에 어쩌다 한 번씩 뵐 수 있었습니다. 얼마 후 이와 관련한 이상한 꿈을 또 꾸었습니다. 꿈속에 가묘를 찾아갔는데 그 깊은 산속에 아버지는 보이지 않고 자동차가 쌩쌩 달리고 있었습니다. 멍하니 바라보다 꿈에서 깨어났는데 심란했습니다. 마침 방학이어서 찾아가보니 그 깊은 산골 가묘 100여 미터 가까이 임도가 뚫려 있었습니다. 그 덕택에 제 승용차로 가묘를 쉽게 찾아갈 수 있게 되었습니다. 이전에는 차에서 내려 2시간 이상 걸어야 했습니다.

세월이 흘러 한동안 홀로 있던 아버지 곁에 장례를 끝낸 엄마의 유해를 묻었습니다. 30년 세월에 팔뚝 굵기 나무들이 아름드리로 굵어져 있었습니다. 저는 3년에 걸쳐 개울 돌을 져 나르고 옛날 감자구덩이에서 모래흙을 퍼 날라 비탈진 곳의 가묘를 평평하고도 넓은 마당처럼 만들었습니다. 가묘 주위로는 잔디를 심고 비석과 상석을 설치했습니다. 누나는 가묘 주위에 영산홍을 심어 봄마다 화사한 분위기를 자아냈습니다.

가묘란 가짜 묘지요. 그런데 그 가짜에 마음이 움직입니다. 심지어 꿈까지 지배합니다. 모든 게 마음이 만들어 내는 것이니만큼 제 마음에 위안이 되면 그만입니다. 대대로 화장장을 이어 오던 집안에서 유품 몇 개 묻은 게 그리 대단한 것은 아니지만 가묘 하나로 형제들이 모여 앉아 부모님을 추억합니다. 이제 제사나 성묘가 저로서 끝나리라는 짐작은 어쩔 수 없고 가묘가 부질없는 짓이 아니었기를 기대해 볼 뿐입니다.

2부

엄마,
청천 하늘 외기러기

청천 하늘 외기러기

할머니가 돌아가시자마자 할아버지는 계모를 맞아들였습니다. 흔히 들었던 옛이야기처럼 계모는 할아버지와 며느리를 이간질하며 할아버지와 자식들을 반목하게 했습니다. 콩쥐팥쥐 얘기가 따로 없었습니다. 할아버지 역시 변했습니다. 계모의 계략에 빠진 할아버지는 죽었는지 살았는지조차 모르는 아들을 기다리는 며느리가 귀찮아졌습니다. 견디다 못한 엄마는 충주 큰할아버지 댁과 친정집을 찾아갔지만 환영받지 못했습니다. 큰할아버지는 아버지를 양자로 삼은 바 있으나 허울뿐이었습니다. 친정에 가도 마찬가지였습니다. 외할아버지는 엄마를 친정에 얼씬도 못 하게 윽박지르기 일쑤였습니다. 어디에도 기댈 곳이 없었던 엄마는 생애 두 번째로 점쟁이를 찾았습니다. 시각장애인 점쟁이는 "청천 하늘에 외기러기 우는 음성이야!"라고 말했습니다. 그다음 말이야 더 들어 볼 필요조차 없었습니다.

아버지가 일본으로 떠난 지 9년째가 되어서야 외할아버지는 엄마에게 "이젠 네 마음대로 해라!"고 했지만, 엄마는 원래부터 재혼에 관심이 없었습니다. 오직 시누이, 시동생들의 엄마 노릇과 시어머니 기제사에 정성을 다하는 것만이 엄마의 삶으로 굳어져 있었습니다.

할아버지와 엄마를 이간질한 계모는 다음 단계를 준비했습니다. 항일 시대 말기에 공출이 심해지자, 계모는 "그까짓 도지 받아 봐야 남는 것도 없으니 차라리 팔아 버립시다!"라고 하였습니다. 할아버지는 맞장구를 치는데 도가 지나쳤습니다. 당시 시골에서 대여섯 가족이 자급자족할 만한 집과 토지는 대략 5천 원이면 훌륭했습니다. 그런데 7~8만 원이나 되는 현금을 가진 할아버지가 살던 집까지 모두 팔아 버리고 세를 얻어 살았으니 말입니다.

어느 날 계모는 며느리를 충주 큰할아버지 댁에 보내 놓고서 할아버지에게는 며느리가 도망갔으니 찾아오라며 호들갑을 떨었습니다. 며느리가 아는 곳이 충주밖에 없으니, 충주로 갔을 것이라며 할아버지를 충주로 내몰았습니다. 충주 형님 댁에 도착한 할아버지는 며느리가 도망갔다고 말하다 멈칫했습니다. 거기에 엄마가 있었으니 말입니다. 할아버지는 큰할아버지로부터 심한 질책을 받고 엄마와 함께 귀갓길에 올랐습니다.

할아버지와 엄마가 집을 비운 사이에 계모는 뒤주의 쌀

까지 박박 긁어 팔았습니다. 도주하던 당일은 아이들에게 선심까지 썼습니다. 늘 잠을 못 자게 구박하던 것과 달리 잠을 자라고 하니 어린 고모와 숙부는 얼마나 좋았을까요. 다만 그다음 날부터 무려 10여 일 동안 산나물만으로 연명해야 했습니다. 그들은 너무 어려 이웃에 쌀 한 되 꾸어 올 줄도 몰랐습니다.

며느리의 "아버님, 조심하세요!"라는 말을 허투루 받아들인 대가는 컸습니다. 대부업을 하던 돈은 할아버지가 모은 게 아닙니다. 무남독녀로 자란 할머니가 친정 부모로부터 받아서 불린 것입니다. 할아버지는 달아난 계모를 찾으려 하지도 않았습니다. 그런데 이게 끝이 아니었습니다. 여기저기 계모가 받아 내지 못하고 남겨진 돈이 있었는데 6.25 전쟁 중 화폐개혁으로 재산은 100분의 1로 줄었습니다. 엄마는 쌀 한 가마를 받아야 하는 빚에 채무자가 쌀 한 됫박 가져와서 그동안의 이자라며 쌀을 한 움큼 얹어 주는 걸 받아 들고 돌아서서 울었습니다. 그저 기막힐 뿐이었습니다. 이로써 할아버지 재산은 할머니의 죽음과 함께 사라졌습니다. 부자가 3대 가기 어렵다는 말은 사실인 것 같습니다.

한편 외할아버지 재혼 허락이 있던 그해에 아버지가 귀향했습니다. 스물에 징용으로 떠났던 아버지가 스물아홉에 돌아왔습니다. 9년의 허송세월과 3년의 전쟁이 끝나고 서른이 넘은 아버지는 살아가는 게 만만치 않았습니다. 부지런한 엄마와 다르게 아버지는 게을렀습니다. 아버지가 원래부터 그랬는지는 모르겠습니다. 게다가 평상시는 그토록 자상한데, 술에 취하면 만사를 잊고 마는 '주취망각증'이 있었습니다.

엄마의 6.25전쟁 풍경이 있습니다. 할아버지와 함께 보낸 3년의 세월은 언제 죽음이 닥칠지 모르는 시기였습니다. 인민군, 국군, 미군, 중공군 등이 번갈아 진주하며 한순간에 반동분자로, 부역자로, 군인들의 노략질로 시달렸습니다.

인민군이 후퇴하며 엄마는 징발되었습니다. 위로 둘이 죽은 뒤 얻은 세 번째 젖먹이 아들을 등에 업고 끌려갔습니다. 고향에서 둔내시장을 지나 지금의 성우리조트를 거쳐 평창군 대화면까지 갔습니다. 인민군 의복을 머리에 이고 동해안을 따라 퇴각하는 인민군과 합류할 예정이었습니다.

인민위원회 정치위원이 몇 차례나 엄마를 되돌려 보내려 했지만, 한 군사위원의 반대에 부딪혔습니다. 인민군의 군사 조직에는 군사위원과 정치위원이 있는데 서열은 정치위원이 위입니다. 그런데도 군사위원의 반대를 이겨 내기가 쉽지 않았던 모양입니다. 잠시 그 군사위원이 자리를 비운 사이에 엄마는 살아 돌아올 수 있었습니다. 정치위원은 엄마 등에 업힌 아들을 보며 "그놈 참 잘생겼다!"며 서둘러 가라고 손짓했습니다. 엄마는 돌아왔지만, 잘생긴 아들은 그해를 넘기지 못하고 죽었습니다. 아버지도 가끔 일찍 죽은 여섯 자식 중에서 정말 인물이 훤했다며 아쉬워했습니다.

아버지가 세상을 떠나고 홀로 된 엄마 역시 말년이 아버지 못지않게 힘들었습니다. 일찍 세상을 떠난 아버지 명을 이어받아 90이 넘도록 사셨지만 그야말로 외로운 삶이었습니다. 특히 엄마의 마지막 9년의 세월 또한 결혼 초의 9년과 다를 바 없었습니다. 저는 엄마가 세상을 떠난 지 10년이 지나가지만, 아직도 엄마라는 말을 떠올리면 눈물을 주체하지 못합니다.

엄마는 아홉 남매를 낳았습니다. 그중에서 여섯은 두세 살을 넘기지 못했고 겨우 셋이 살아남았습니다. 이모는 아이가 커서 좀 뛰어다닐 만하면 죽었다는 소리를 들었다며 슬퍼했습니다. 주취망각증의 아버지를 대신해서 엄마는 그야말로 뼈가 휘고 부러지도록 일했습니다. 실제 엄마는 정형외과에서 척추가 휘고 부러진 흔적을 발견했는데 의사는 중노동의 결과라 했습니다. 말등어리로 불리는 고갯길을 따라 무거운 짐을 지고 가던 엄마는 하늘이 노랗게 보이던 순간이 있었다며 그때 그랬을 것이라 했습니다.

엄마는 세월호 침몰 한 달이 지난 새벽에 호흡곤란을 호소하며 제게 전화했습니다. 원주 세브란스 병원에서 하루 내내 검사 끝에 중환자실로 옮겨졌습니다. 그날 밤 기도삽관 이후 코마 상태 4일 만에 세상을 떠났습니다. 시각장애인 점쟁이 말마따나 그야말로 청천 하늘 외기러기였던 엄마가 이제는 다른 기러기들과 함께 북녘 하늘을 훨훨 날고 계실까요.

엄마 찾기

아이에게 엄마라는 존재는 어떤 의미가 있을까요. 아무리 세심한 아버지라도 허접한 엄마를 대신하지 못한다는 말이 있습니다. 정말 그런지는 모르지만 거의 맞는 것 같습니다. 아버지 손길과 엄마 손길이 차이가 있다는 이야기일 것입니다.

어린아이가 학교에서 돌아오든 나가 놀다 돌아오든 집에 들어섰을 때 엄마가 없으면 바로 불안이 덮쳐옵니다. 여기저기 기웃거려도 엄마가 보이지 않으면 아이는 금세 울상이 되고 맙니다. 안전과 거리가 멀어진 상황입니다. 아이는 불안하면 놀기는커녕 아무것도 하지 못합니다. 안전의 '안 (安)'이야말로 엄마가 집에 있는 모습입니다. 아이는 엄마를 대체할 그 어떤 것도 받아들이기 어렵습니다. 우리가 위기에 처했을 때 자신도 모르게 내뱉는 외침이 바로 "엄마!"라는 것만으로도 쉽게 알 수 있습니다.

어렸을 때 소, 개, 고양이가 새끼 낳는 것을 종종 보았습니다. 개나 고양이 새끼가 태어날 때 어미가 탯줄을 끊는 모습을 보며 비록 짐승일지언정 엄마의 모습이 떠올랐습니다. 탯줄을 끊고, 핥고, 젖을 먹이며 연이어 새끼를 낳는 모습은 위대해 보이기까지 했습니다. 훗날, 사람이 짐승보다 특별히 우월하다 할 것이 없다는 생각이 들었습니다. 어쩌면 모든 엄마는 위대하다는 사실을 확인한 셈이었습니다.

시골에서 너도 나도 도시로 이동하던 1960년대 중엽이었습니다. 아버지는 TV 프로그램 「나는 자연인이다」처럼 산속으로 향했습니다. 당연히 엄마는 따라가지 않았습니다. 먼저 형과 아버지가 산으로 들어가 움막을 짓고 산속 생활을 시작했습니다. 해가 바뀌고 봄이 되어 열 살 위의 형은 저와 누나 두 동생을 데리러 왔습니다. 아마 아버지는 두 남매를 데리고 오면 엄마도 할 수 없이 산으로 올 수밖에 없다고 생각했겠지요. 형은 쌀 두 말을 멜빵에 지고 다섯 살인 나를 그 쌀 위에 올려놓았다 내려놓기를 반복하며 산길을 올랐습니다. 일곱 살밖에 안 된 누나는 큰 고개를 세 개나 넘어가는 20리 산길을 그냥 걸었습니다.

그 경로를 짐작해 보았습니다. 마을에서 하나뿐인 교회가 건너다보이는 방앗간 셋방에서 출발하여 고야골로 갔습니다. 흐르목재를 거쳐 지르메재 대신 숯가마골을 거쳐 송덕사에서 큰 성골로 접어들었을 것입니다. 산양바위 앞에

113

서 개울을 건너 오른쪽 비탈로 방향을 틀어 직골로 향했겠
지요. 직골 너머에는 오래전부터 살았던 유 씨네 집이 있습
니다. 그 집 조금 아래쪽에 아버지 움막이 있었습니다. 그
직골 중간쯤에서 제 생애 최초의 기억이 시작되었습니다.
아마 너무 힘들어 투정했던 것 같습니다. 누나가 "오빠 힘든
데 왜 자꾸 업히려 하니?"라고 했습니다. 제가 태어난 후 처
음으로 기억하는 한순간입니다. 그다음은 전혀 기억에 없
습니다.

　며칠 지나지 않아 엄마가 보고 싶은 저는 누나를 졸랐을
것입니다. 어느 날 누나와 길을 나섰는데, 가던 길에 태기산
성 안에 살던 어느 여자애도 동행했습니다. 산성 사당, 말등
어리, 물아구리, 정 씨 댁, 지르메재, 흐르목재를 거쳐 고야
골로 갔습니다. 그런데 교회 근처에 고모 집이 두 곳이나 있
는데도 그리로 가지 않고 방앗간 건너편 교회에서 자고 그
이튿날 돌아섰습니다. 아마 그때 엄마를 만나지 못했던 것
같습니다. 그래서 하루 만에 돌아섰겠지요. 다시 고야골,
흐르목재, 지르메재, 정 씨 댁을 지나 물아구리까지 오는 과
정은 전혀 기억나지 않습니다.

　개울가에서 쉬며 제가 배고프다고 투정했습니다. 누나는
나무 열매를 따려고 이곳저곳을 두리번거리다 머루 넝쿨을

봤습니다. 3월인데 지난해 머루가 서리 맞고 눈 맞으며 겨울을 나는 동안 쭈글쭈글했습니다. 누나는 그리 높지 않은 나무에 올라갔는데 그만 나무 삭정이가 부러지며 아래로 떨어졌습니다. 돌에 머리를 부딪친 누나는 피가 줄줄 흘렀습니다. 머리는 조금만 다쳐도 피가 많이 나지요. 저는 피를 보자마자 무서워 막 울었습니다.

어떻게 다시 집에 돌아왔는지, 아버지에게 혼났는지 전혀 기억에 없습니다. 훗날 아버지는 고모 집 근처까지 가서 왜 낯선 교회에서 잠을 잤는지 궁금해하셨습니다. 아버지는 어린 남매가 20여 리의 험한 고개를 넘어 엄마를 찾아갔던 것을 오래도록 애잔하게 여겼습니다.

명운

공자는 나이 40에 세상일에 정신을 빼앗겨 판단을 흐리는 일이 없는 나이를 불혹(不惑)이라 했습니다. 예전 시골에서는 마흔 살만 되어도 뒷짐을 지고 "에헴!" 헛기침까지 하며 어른 행세를 하는 분들을 봤습니다. 환갑이면 수염을 쓰다듬고 헛기침을 내뱉는 게 당연시되었습니다. 그때는 20세 전에 시집, 장가를 가서 자식을 보고 30세 전에 재물을 모아야 한다는 말이 통용될 정도였습니다.

그런 시절에 엄마는 저를 마흔한 살에 낳았습니다. 위로 여섯을 잃고 아홉 번째로 제가 태어났습니다. 삼분의 일 확률로 아홉 중 겨우 셋이 살아남았습니다. 그렇게 태어난 제가 귀한 대접을 받기는커녕 야생의 사자처럼 자랐다면 믿을 사람이 있을까요. 체념이란 무참합니다. 엄마는 저를 체념한 상태로 길렀습니다. 아기를 업고 인민군에게 끌려가면서도 희망의 끈을 놓지 않았던 엄마가 저를 낳아 기르면서 체념에 이르게 된 까닭은 무엇이었을까요. 궁금하지 않을 수 없습니다. 이제 엄마는 사라졌고 저 홀로 추측해 볼 뿐입니다. 아마 살아 있어도 사는 게 아니었던 시절을 겪으며 비롯된 현상일지도 모릅니다.

항일 시기에 아버지가 일본으로 떠난 후 엄마는 며느리를 귀하게 여기는 할머니에 의지하였습니다. 그런데 엄마는 40대 초반의 나이에 갑자기 세상을 떠난 할머니 대신 시누이와 시동생의 엄마가 되었습니다. 상황이 더 나빠진 것은 할아버지가 계모를 들이고부터입니다. 자식과 할아버지 사이에서 농간을 부리는 계모 사이에서 며느리 역할은 여간 어려운 게 아니었습니다. 양쪽으로부터 미움을 받기 일쑤였습니다.

무려 9년 만에 소식이 끊겼던 아버지가 귀향했지만 이미 집안은 풍비박산이 난 후였습니다. 아버지는 군대와 경찰을 저울질하다 쥐꼬리 같은 월급을 주는 경찰에 투신했지만, 월급을 몇 차례 받지도 못하고 6.25전쟁에 종군했습니다. 전쟁이 나자 피난을 가지 않은 친가나 외가 모두 힘겹기는 마찬가지였습니다. 3년여 동안 삶과 죽음이 번갈아 드나드는 형국에서 살아남은 것만으로 만족해야 했습니다. 휴전 직전에 아버지는 경찰을 떠나 집으로 돌아왔습니다. 제가 어렸을 때 아버지에게 왜 경찰을 그만두었냐고 물었더니 "그거 오래 하면 친구가 없게 된다."는 말씀을 들었지만 이해하지 못했습니다.

제가 태어날 무렵에 아버지는 그야말로 고립무원 상태였습니다. 하는 일마다 실패를 거듭하다 보니 그럴 수밖에 없었습니다. 아버지의 한없는 추락은 엄마의 삶 또한 벗어날 길이 없는 막다른 골목으로 몰아갔습니다. 아버지는 광부가 막장을 찾아가듯 산마을로 형과 함께 떠났습니다. 당연히 엄마는 따라가지 않았습니다. 저와 누나는 엄마와 살았지만 6개월 만에 형이 저와 누나를 데려가는 바람에 할 수 없이 엄마도 산마을로 향했습니다. 다섯 살, 일곱 살 두 남매를 산으로 보낸 엄마는 도저히 견딜 수가 없었습니다.

3년만 살고 나오겠다는 다짐은 10년이 흘렀습니다. 교통이 그나마 좀 나은 인근 산골에 다시 집을 지으며 삶을 마감하겠다는 계획은 겨우 3년 농사를 끝으로 머나먼 부산으로 떠나게 되었습니다. 이 또한 아버지나 엄마의 의지와 무관한 것이었기에 더 슬픕니다. 부산에서 적응하지 못한 아버지는 6년 만에 제가 군대 간 사이에 세상을 떠났습니다. 이후 엄마는 부산에서 생을 마감하겠다고 입버릇처럼 되뇌었지만 그뿐이었습니다.

엄마는 다시 서울로 이사하며 부산살이 18년 만에 서울로 왔습니다. 창원에 사는 누나 근처가 좋다고 했지만 희망

뿐이었습니다. 저는 서울에서 엄마를 만나며 이제 더는 이사하지 말자고 다짐했습니다. 그러나 그 또한 희망으로 끝났습니다. 서울에서 9년 만에 팔순이 지난 엄마가 다시 강원도 고향으로 향하게 될 줄을 누가 상상이나 했겠습니까.

엄마의 삶은 어떤 틀로도 설명되지 않고 어떤 방식으로도 위로가 되지 않습니다. 아들인 저는 부끄럽기 그지없습니다. 고개를 들 수가 없습니다. 저는 죽으면 반드시 아버지와 엄마를 만나야 합니다, 영혼의 세계가 어떤지 알 수는 없지만 두 분에게 지은 죄를 반드시 털어놓아야 합니다. 그래야 지옥이든 천국이든 선택받을 수 있다는 생각을 떨칠 수가 없습니다.

눈썰미

어른이든 아이든 식사 시간이 돌아왔을 때 집에 엄마가 없으면 난감했던 순간이 종종 있었을 것입니다. 이리저리 궁리하다가 라면 또는 식은 밥으로 대강 끼니를 때우고는 엄마가 귀가하기를 기다렸겠지요. 도시에서는 약간의 돈만 있으면 음식점을 이용할 수도 있지만 가게 하나 없는 산골은 사정이 달랐습니다.

제가 다섯 살, 누나가 일곱 살 때였습니다. 두 남매만 집에 남아 있던 초가을 저녁 무렵 아마 제가 배고프다고 칭얼댔을 것입니다. 누나가 윗방으로 가더니 맷돌을 돌리는데 힘겨워했습니다. 그때 생각난 게 있었어요. 아버지는 긴 막대에 맷돌 손잡이가 들어갈 만한 크기의 구멍을 뚫어 놓았습니다. 맷돌 손잡이에 끼워서 맷돌과 좀 떨어진 거리에서도 쉽게 맷돌을 돌릴 수 있게 만든 도구였습니다. 일종의 지렛대 같은 느낌이 드는 그런 도구입니다. 그걸 맷돌 손잡이에 끼워서 돌리는데 첫 바퀴만 돌리면 그다음부터는 쉽게 돌릴 수 있습니다. 누나가 맷돌을 돌리는 데 저도 거들었던 셈이지요. 다만 맷돌 위 구멍에 옥수수를 넣을 때는 조심해야 합니다. 자 칫하면 손이나 팔을 다칠 수도 있습니다. 하여튼 저는 힘이 약해서 누나가 손을 다칠 만큼 빨리 돌리지는 못했습니다.

엄마는 옥수수를 맷돌에 갈아 가마솥에 밥을 했는데 한 번에 맷돌로 많이 갈아 놓지는 않았습니다. 수분이 증발하 여 맛이 떨어지기 때문입니다. 먼저 옥수수를 디딜방아로 껍질을 벗겨 놓은 다음 필요에 따라 맷돌로 가는데 흰찰옥 수수 쌀밥은 쌀밥 못지않게 맛이 좋습니다. 다만 대부분의 이웃집은 디딜방아가 없어서 옥수수를 그냥 맷돌로만 갈아 서 밥을 지었습니다. 그래서 옥수수밥이 식으면 껍질 때문 에 아주 딱딱하고 거칠어 먹기가 고달픕니다. 엄마는 쌀, 흰 찰옥수수쌀, 감자를 각각 따로 씻어서 가마솥에 세 봉우리 로 부었습니다. 귀한 쌀을 절약하기 위한 밥 짓기였지요. 아궁이에 불을 때서 뜸이 들면 할아버지와 아버지 밥은 쌀 이 더 많게, 다른 가족은 감자를 짓이겨서 흰찰옥수수 쌀밥 과 섞어서 퍼 담았습니다. 눈썰미가 대단한 누나는 어린 나 이에도 그걸 다 머릿속에 익혀 두었습니다.

누나는 갈아 놓은 흰찰옥수수쌀, 쌀, 감자를 세 그릇에 각각 담아 개울가로 갔습니다. 저는 닳아서 반달 모양이 된 감자 껍질을 긁는 숟갈 두 개를 들고 따라갔습니다. 개울가

다릅나무와 느릅나무 그늘에 마주 앉아 물에 적셔 놓은 감자 껍질을 긁었습니다. 그때 감자에서 튄 녹말이 누나 콧잔등에 하얗게 점점이 묻는 게 우스웠습니다. 그래서 "누나 콧등에 감자 물 튀었다!" 하니 누나가 "너도 그래!" 해서 다시 웃었습니다. 얼마 후 저는 감자, 흰찰옥수수쌀, 쌀을 씻어서 돌아서는 누나를 졸졸 따랐습니다.

부엌으로 돌아온 누나는 쌀, 흰찰옥수수쌀, 감자를 엄마가 하는 것처럼 가마솥에 세 봉우리로 붓고 물을 손등에 찰랑찰랑하게 맞추고 불을 때기 시작했습니다. 저는 풍구를 돌렸습니다. 불이 훨훨 타오르고 밥솥에 밥이 다 되어 갈 무렵, 먼발치에서 굴뚝의 연기를 확인한 아버지가 급한 걸음으로 집 안으로 들어섰습니다. 어린 남매가 부엌에서 밥을 짓는 모습을 본 아버지는 어안이 벙벙했습니다. 누나가 밥을 퍼서 함께 저녁을 먹은 후 아버지는 "멀리서 굴뚝 연기를 보고 네 엄마가 돌아와 밥을 짓는 줄 알았다."며 칭찬했습니다.

아버지는 너무나 기특한 기억을 오랫동안 여러 차례나 말했습니다. 엄마도 마찬가지였습니다. "네 누나가 일찍부터 돈 벌러 다니느라 바빠서 내가 뭘 가르쳐 주지도 못했는데 시집가서 곧잘 한단다. 눈썰미가 있어 이것저것 척척 해내는 게 신통하단다." 슬쩍 보기만 해도 척척 해내는 누나 모습이 대견하다는 말씀입니다. 맞습니다. 엄마가 세상을 떠나고 나서 제게 보내 주는 누나가 담근 김장과 장맛이 엄마 손맛과 다르지 않았습니다.

이와 의미는 좀 다르지만, 유사한 추억을 얘기하는 이시형 박사의 일화가 있습니다. 항일 시기 말엽에 형제가 함께 추운 겨울에 신사 참배를 하고 집에 들어서는데 너무 추워 울었답니다. 열 살도 안 되는 형이 방에 들어서자마자 동생을 이불로 둘둘 말아 놓으며 "울지 마라! 내 금방 불 때서 화로에 숯불 담아올 테니 기다려라!" 하고는 부엌으로 갔답니다. 한참 후에 형이 벌건 숯불을 화로에 담아 방으로 들어오면서 "이리 와 불 쬐라!"고 했던 기억을 50년 넘도록 간직하고 있답니다. 형이 자기보다 키도 작고 못생겼지만, 그때 그 일 때문에 존경한다며 청중을 웃겼습니다. 형이란 동생에 대해 그런 존재감이 있었다며 그리움을 드러냈습니다.

무엇인가 배울 때 직접 배우는 것 외에 간접적으로나마 슬쩍 익힌 것을 능숙하게 해내는 사람들이 있습니다. 바로 남다른 눈썰미라고 하는 것인데 누나가 그랬습니다. 비록 어렸지만, 누나는 동생에 대해 엄마 노릇을 해내는 존재였습니다. 부모님이 돌아가시고 여전히 엄마를 대신하는 누나가 늘 생각납니다.

부치미

봄에 부치미가 시작되면 어느 집이나 할 것 없이 눈코 뜰 새 없이 바쁩니다. 사람을 구해서 하면 빨리 끝낼 수는 있지만, 며칠 품삯 외에 하루 세 끼 식사 및 오전, 오후 두 번의 참과 술을 준비해야 합니다. 대부분의 농가는 이런저런 준비가 어려워 그냥 가족끼리 부치미를 끝내는 경우가 많습니다.

우리 집은 다른 집에 비해 농사를 많이 짓는 편이었습니다. 그런데 거리가 가깝든 멀든 일을 해 달라고 하면 대부분 거절하지 않았습니다. 까닭이 있었습니다. 일하는 사람들은 일 그 자체보다 몇 가지 조건을 더 중요시했습니다. 바로 술, 담배, 식사, 품삯입니다.

아버지는 봄에 감자를 심을 때나 여름에 채소를 심을 때나 늘 술과 담배를 준비해 두었습니다. 아버지는 인부들이 일을 시작하기 전에 먼저 아리랑 담배부터 한 갑씩 주었습니다. 엄마는 하루 세끼와 두 번의 참을 마련하는데 맛 소문이 자자했습니다. 엄마가 담아 놓은 술은 양조장에서 받아

오는 술과 비교할 수 없었습니다. 아주머니들조차 너도 나도 술을 벌컥벌컥 마시며 엄마의 술을 으뜸으로 쳤습니다.

장날이면 엄마는 40리 산길을 걸어 장을 보았습니다. 엄마 요리는 외할머니 손맛을 이어받은 천하일미였습니다. 반찬의 종류도 많았지만, 그 맛을 기억하는 사람들은 일을 부탁할 때마다 다른 집 약속을 취소하며 달려왔습니다. 다 먹고살자고 하는 노릇인데 이왕이면 그 집 일을 한다는 것이었습니다.

아저씨들은 술과 식사 외에도 담배에 무척 신경을 썼습니다. 고된 일 사이사이의 휴식 중 담배 한 모금은 일하는 아저씨들의 피로를 잊게 하는 환각제 그 이상이었습니다. 혹여 담배가 떨어져도 아버지는 봉초를 비축해 놓았기에 일하는 사람들이 담배를 굶는 일은 없었습니다.

게다가 가장 중요한 품삯을 그날 바로 현금으로 지급했습니다. 산골이지만 우리 집에는 현금이 있었습니다. 그 현금은 엄마가 우편배달로 받는 월급과 형이 벌어 오는 월급을 합한 것이었습니다. 산골에서는 1년 중 가을을 제외하고는 현금을 쥘 기회가 거의 없었습니다. 산마을에서 현금이 있는 집은 몇몇뿐이었습니다. 학교 선생님들과 군부대 부사관 및 장교들만이 매월 현금 유통이 되었습니다. 그 이외의 농가에서는 가을에 약초나 채소를 팔아야 겨우 현금을 쥐어 볼 수 있었습니다.

어느 집이든 부치미가 시작되면 어른이나 아이 할 것 없이 모두 일에 동원되었습니다. 아니, 사정을 알았기에 스스로 참여했습니다. 저도 부치미 심부름하며 농사일을 익혔습니다. 그렇게 해야 나중에 크게 혼날 일도 간단한 꾸중으로 끝나기 때문입니다.

어느 해 봄, 부치미로 온 가족이 그야말로 눈코 뜰 새 없이 바쁜 시기에 저는 집 뒤편 밭 귀퉁이를 서성거렸습니다. 이웃집 황소가 밧줄에서 풀려나 이리저리 푸푸거리며 돌아다니는 것을 봤습니다. 저는 무서워 나무숲으로 숨었습니다. 그 소는 밧줄을 질질 끌며 저를 지나쳐 우리 집 마당을 지나 아랫집 마당을 향해 뛰었습니다. 마침 그곳에는 엄마가 부치미 일꾼들의 새참을 전하고 돌아오는 중이었습니다.

황소는 엄마를 뿔로 들어 올려 내동댕이쳤습니다. 저만치 거리에서 그걸 바라보던 저는 "악!" 소리를 질렀지만, 어찌할 도리가 없었습니다. 그게 다가 아니었습니다. 엄마가 2미터 높이의 마당 아래 밭으로 떨어지는 것과 동시에 황소도 마당 아래로 뛰어내리며 달아났습니다. 그 육중한 황소가 엄마를 밟지 않은 게 천만다행이었습니다. 저는 달려가서 이웃집 마당 아래 밭에 쓰러져 있는 엄마를 흔들며 서럽게 울었습니다.

얼마 후 엄마가 고개를 들고 제 눈물을 닦아 내며 "엄마 괜찮아! 울지 마!" 했습니다. 바로 아버지, 형, 누나 그리고 일꾼들이 몰려왔습니다. 아버지가 엄마를 부축해서 집으로 왔지만, 저는 엄마 곁에서 계속 울었습니다. 하지만 엄마는 계속 누워 있을 수 없었습니다. 다시 일꾼들 점심을 준비해야 했습니다. 제가 가까이에서 잔심부름하면서 보니 엄마는 계속 비틀거렸습니다. 어지럼증이었습니다. 누나도 어리기는 마찬가지여서 누나가 엄마 대신 식사를 준비할 형편이 못 되었습니다.

그날 이후 엄마는 무려 사흘이 넘도록 어지럼증에 시달리다 회복되었습니다. 그런데도 엄마는 매일 부치미 일꾼 식사로 하루 다섯 끼를 꼬박꼬박 준비해야 했습니다. 부치미가 끝나자, 엄마가 "그날 죽는 줄 알았는데 아들 울음소리에 깨어났다."는 칭찬과 함께 제가 엄마를 살렸다며 포근하게 안아 줄 때 풍기던 엄마 냄새가 아직 남아 있는 듯합니다.

김장

　우리가 먹는 반찬 중에 항상 빠지지 않는 것이 있습니다. 하루하루가 달라지는 시대일지라도 김치가 제외될 수는 없습니다. 시골에서는 아직도 여전히 김장하기가 연례행사로 이어지고 있습니다. 다만 도시의 아파트라는 공간에서는 김장하기가 만만치 않습니다. 그래서인지 이웃 아파트에 사는 김장하는 지인을 만날 때마다 놀랍게 바라봅니다. 요즈음은 김치 완제품이 보편화되어 가는 추세이다 보니 그 어려운 김장을 마음은 있어도 외면하는 것 같습니다.

　산골의 겨울은 길고 깁니다. 긴 겨울 동안 먹을 김장을 잘해 놓지 않으면 난감합니다. 아버지는 지하 토굴을 만들었습니다. 그 속에 온갖 김치와 장아찌 외에 무, 배추 등을 저장해 놓고 겨우내 먹었습니다. 엄마의 김장은 가짓수와 양이 많았습니다. 배추김치, 총각김치, 갓김치, 깍두기, 동치미, 고춧잎과 무말랭이무침, 마늘장아찌, 마늘종 장아찌, 깻잎장아찌, 더덕장아찌, 도라지장아찌, 우엉장아찌 등이 있었습니다.

그중에서도 한겨울에 인기가 높았던 것은 당연히 동치미였습니다. 동지 팥죽을 먹을 때 동치미가 있어야 제격이지요. 또 엄마가 동치미국수를 준비하면 동네 아저씨, 아주머니들이 우리 집으로 모여들었습니다. 엄마 손맛이 워낙 유명한 만큼 당연했습니다. 다른 집에서도 동치미를 담그지만, 아주머니들은 집으로 돌아갈 때 꼭 우리 집 동치미를 한 바가지씩 퍼 갔습니다. 엄마는 늘 음식을 넉넉히 준비하는 것뿐만 아니라 남에게 주는 것도 늘 푸짐하게 주는 습관이 배어 있었습니다. 할머니에게 배운 것이지요.

동치미와 함께 겨울 김장의 백미는 배추김치입니다. 배추는 무에 비하여 재배가 까다롭습니다. 날씨가 덥거나 비가 자주 오면 벌레만 모여들고 배추 맛이 떨어집니다. 배추 작황이 좋아도 배추를 제대로 절여서 김장을 마무리할 때까지는 여간 힘든 게 아니지요. 그러니 도시에서는 대부분 김장하는 대신 김치 완제품을 사 먹는 게 당연시되고 있습니다.

김장을 겨우내 보관하는 지하 토굴 한 귀퉁이에는 무, 배추가 한겨울에도 싱싱하게 보관되어 있었습니다. 무, 배추 등의 채소를 오랫동안 보관할 때는 땅속에 묻거나 김장 항아리 옆 한 귀퉁이에 짚과 신갈나무 낙엽 무더기 속에 덮어

두었습니다. 한겨울에도 신선한 채소를 먹을 수 있는 비결이었습니다. 물론 온도 조절에 실패하거나 이상 난동 및 이상 한파로 채소가 썩거나 움이 돋아난 적도 있었습니다.

이웃에 어린 두 아들과 사는 홀아비 김 씨는 원주에 사는 큰집에서 생필품을 주기적으로 받아 오지만, 겨울 김장은 그렇지 못했습니다. 홀아비가 김장하기 어렵다는 사실을 엄마가 모를 리 없습니다. 김장하고 나면 엄마는 커다란 고무 대야 속에 김장한 것들을 각각 담아서 제 지게에 올려놓았습니다. 저는 그것을 전달하며 엄마 말씀을 전했습니다. "김치 떨어지면 말씀하시래요." 그러나 홀아비네 김치가 떨어지기 전에 아버지는 제게 빈 그릇을 가져오라고 했습니다.

어느 해 겨울에 집을 비웠던 일이 있었습니다. 아버지는 저와 누나를 데리고 어디론가 길을 떠나다가 누나를 집으로 돌려보냈습니다. 아버지는 무엇인가 가져오라고 누나에게 심부름시켰습니다. 한참 후 집을 다녀온 누나는 얼굴이 상기되어 있었어요. 길에서 쉬고 있던 아버지와 저는 의아했습니다.

사연이 있었습니다. 이웃에 사는 홀아비 김 씨가 몰래 김치 저장 토굴에서 김치를 퍼 가다가 누나에게 들켰습니다. 머쓱한 홀아비는 마당 가 너래 반석에 앉아 묵묵히 담배를 피우다 일어섰습니다. 열 살 된 누나는 도둑이라 생각하고 가슴이 두근거리며 어쩔 줄 몰라 했습니다. 누나는 그 홀아비가 떠난 후 아버지에게 돌아왔는데 한동안 말을 하지 못했습니다. 사연을 들은 아버지는 저와 누나에게 "그냥 모른 척해라!"는 말씀으로 끝냈습니다. 나중에 제가 아버지에게 도둑을 왜 그냥 두느냐고 따졌더니 아버지는 "오죽했으면 몰래 김치를 퍼 갔겠니?" 하시며 오히려 그 홀아비를 두둔했습니다.

저는 3년 전부터 산골 서재에 살며 동치미를 담갔습니다. 엄마 생각을 되짚는 시간이었습니다. 엄마가 어떻게 무를 다루었는지, 맛을 내려고 무엇을 넣었는지 등을 흉내 내어 보았지만 어림없습니다. 단지 희미해지는 엄마의 흔적을 놓치지 않으려는 발버둥으로 만족할 뿐입니다.

우편배달

엄마는 우편배달부였습니다. 동네 사람들은 엄마를 체부 아줌마라 불렀습니다. 면 소재지 우체부는 신대리 장승배기까지 와서 우편물을 내려놓았습니다. 그러면 해발 800미터에 사는 엄마는 해발 400미터의 아랫마을 신대리 장승배기까지 20리 산길을 걸어서 우편물을 인수했습니다. 우편배달 초기에는 엄마와 형이 번갈아 다녔습니다. 누나와 저는 너무 어려서 할 수 없었습니다. 엄마가 집에 우편물을 가져오면 방과 후 귀가하는 저와 누나가 다시 우편물을 들고 해발 1,000미터에 있는 5리 거리의 학교까지 가져갔습니다. 그리고 저녁에 누나와 함께 군인이 강의하는 중학 영어, 수학 수업을 듣고 밤늦게 귀가했습니다. 호롱불을 들고 다녔는데 귀가할 무렵이면 아버지는 전망 좋은 앞산 언덕에서 남매의 불빛을 보고 "오냐? 어서 오거라!"를 외치며 밤길을 안심시켰습니다.

우편물의 주된 수령자는 해발 1,200미터 고지에 근무하는 군인들인데 거기까지 올라갈 수는 없었습니다. 고지대의 험한 10리 산길이기 때문입니다. 학교 근처에 우편물을 맡겨 놓으면 군인 전령이 가져가거나 영어, 수학을 가르치러 학교에 오는 군인이 가져가기도 했습니다. 우편물도 종류가 많았습니다. 편지, 등기, 현금이 든 물품등기, 소포 등 부피와 무게가 상당한 것도 있었습니다.

아마 제가 4학년 무렵부터 시작되었을 것입니다. 방학이 되면 누나와 저는 엄마의 우편배달을 대신했습니다. 남매가 장승배기에 도착해서 자전거를 타고 오는 우체부를 만나 우편물을 인수했습니다. 그러면 우체부 아저씨는 우리를 기특하게 생각해서 여러 과자를 사 주셨습니다. 특히 그 중에서도 정 씨 아저씨는 한 번도 빠트리지 않고 여러 과자를 사 주시는 고마운 분이었습니다. 집으로 돌아오는 길은 평지가 절반이고 나머지는 양쪽이 절벽인 말등어리로 불리는 가파른 고갯길입니다. 집에 도착해서 점심을 먹고 다시 해발 1,000미터에 있는 학교에 우편물을 맡겨 놓고 돌아오면 해가 집니다. 일요일을 제외하고 방학 내내 우편물 나르기가 때로는 꾀가 나기도 하지만 엄마를 생각하면 피할 수가 없었습니다. 엄마는 방학 동안 남매에게 우편배달을 시켰지만, 집에서는 더 힘들고 더 많은 일을 했습니다.

방학 중 장마철에는 우편배달이 괴롭습니다. 개울 곳곳

에 물이 넘쳐 건널 수가 없는 경우가 종종 있었습니다. 시골 개울은 순식간이 물이 불었다가 줄어들지만 위험했습니다. 툭하면 고무신을 잃어버렸습니다. 고무신을 벗어서 들고 개울을 건너야 하는데 발바닥이 아파서 그냥 신고 건널 때 거센 물살에 빼앗겼습니다. 이보다 더 큰 문제는 거센 물살을 보고 아예 개울을 건널 엄두를 내지 못하고 다시 돌아서는 것이었습니다. 그러면 정 씨 아저씨의 과자를 못 먹는 게 몹시 안타까웠습니다.

어느 날부터인가 엄마가 평상시 해 오던 우편배달이 더 힘들어졌습니다. 우리 마을 행정구역이 바뀌며 다른 면 소재지 우체국 직원과 화동리 송방거리에서 만나게 되었습니다. 더 멀기도 하거니와 그사이에 말등어리 고개와 함께 지르메재, 흐르목재로 부르는 큰 고개가 두 개나 더 있었습니다. 말등어리 고개는 길 양쪽이 벼랑입니다. 지르메재는 기름을 바른 듯이 미끄럽고 가파릅니다. 흐르목재는 그리 가파르지 않지만 길고 지루합니다.

그런 길을 엄마는 아침 이슬에 옷을 적시며 매일 걸었습니다. 숲길을 피하려면 신작로 40리 길을 걸어야 합니다. 그뿐이 아니었습니다. 엄마는 우편물 외에 온갖 짐을 멜빵으로 짊어지고 그 높은 고개를 넘나들었습니다. 넉넉한 살림살이였다면 당장 그만두었을 테지만 그럴 수는 없었습니다. 아마 형이 군대에 가던 해부터 그랬을 겁니다. 그마저도 산마을이 사라지며 우편배달을 그만두게 되었습니다.

엄마의 우편배달 길은 늘 장애물을 통과하는 것과 다르지 않았습니다. 봄에는 얼었던 땅이 녹아내리며 질척해 미끄러지기 십상이었습니다. 여름과 가을에는 풀과 이슬이 옷깃을 적셨습니다. 겨울에는 눈도 미끄러운데 얼음으로 뒤덮인 길은 위험하기까지 했습니다.

엄마가 매일 걷던 그 길이 지금은 등산로로 깔끔하게 정비되었더군요. 곳곳에 계단 및 난간을 설치하여 위험 구간도 사라졌습니다. 그때 길이 관리가 잘되었더라면 엄마가 조금은 수월하게 오르내렸을 테지요. 엄마가 막대기로 이슬을 털며 걷던 길은 그야말로 전설이 되어 가는 듯합니다.

여우 남매

어렸을 때 귀신이나 도깨비 이야기가 많았습니다. 전기가 없는 산골에서 귀신은 아이들에게 제일 무서운 존재였습니다. 그 가짓수도 엄청났습니다. 게다가 이웃 어른들의 귀신이나 도깨비에 홀린 이야기를 들을라치면 등골이 오싹했습니다. 그래서인지 날이 저물면 문밖에 나서기를 꺼렸습니다. 특히 한밤중에 변소 가야 할 일이 생기면 아버지나 엄마를 깨워야만 했습니다.

언제부터인지 모르게 귀신이나 도깨비가 사라지기 시작했습니다. 제가 커 가면서 함께 사라진 것인지, 전기 때문에 사라진 것인지 구분이 되지는 않습니다. 하여튼 예나 지금이나 도시에서는 상상하기 어려운 일들이 시골에서는 버젓이 일어나기도 합니다. 그 무렵 저와 누나는 신출귀몰하는 여우 남매 귀신이라는 말을 들었습니다.

방학에는 엄마 대신 누나와 함께 우편배달을 했는데 때로는 꾀를 부리다 길을 나서고는 했습니다. 초등학교 6학년 겨울 방학 때였습니다. 눈이 많이 내린 어느 날 20리 산길에 세 고개를 넘어 우체부를 만났습니다. 우편물을 수령하고 돌아서는데 어떤 신사가 저와 누나를 불러 세웠습니다. 이야기를 듣고 보니 제 담임 선생님 손아래 동서였습니다.

우리를 따라나선 그분은 고갯길에서 환장할 지경을 맞이하게 되었습니다. 구두를 신은 그분은 평평한 길이 끝나는 흐르목재 시작부터 나둥그라지기 시작하더니 아예 서 있는 것보다 눈 바닥에 쓰러지는 게 훨씬 많았습니다. 저와 누나는 장화를 신기도 했지만, 비탈길 주위의 나무를 적절히 이용하며 한 번도 넘어지지 않고 앞서갔습니다. 흐린 날에 눈도 조금씩 날렸는데 구불구불한 길과 나무에 가려 우리 남매가 보이지 않으면 그분은 소리를 질렀습니다.

흐르목재 바닥에 이르러 그분은 개울물을 마시며 쉬어가기를 청했습니다. 지르메재를 바라보며 휴식을 취하던 그분은 미끄러운 구두를 한탄했습니다. 제가 숲으로 들어가 칡을 끊어 왔습니다. 칡으로 구두를 친친 감아 발목에 묶어 드렸습니다.

지르메재가 오르막길이라 넘어지는 횟수는 줄었지만, 워낙 가파르고 높은 고개에서 그분은 탈진한 것처럼 보였습니다. 지르메재 정상에 먼저 오른 저는 숲에서 마른 나무를 주워 모아 불을 피웠습니다. 젖은 양말을 말리고 손발을 따뜻하게 회복한 후 내리막길을 가려는 생각이었습니다. 그렇지만 우리는 손과 발을 조금 녹이는 듯하다 이내 일어섰습니다. 아직 갈 길이 멀었기에 모닥불을 쬐며 한기를 떨쳐내다 다시 길을 재촉했습니다.

눈을 그러모아 모닥불을 덮고 출발하자마자 그분은 또다시 연달아 넘어지기를 반복했습니다. 잠시 후 그분은 아예 쪼그리고 앉아 땅바닥에 궁둥이를 붙이고 썰매를 타기 시작했습니다. 길이 워낙 가파르다 보니 가만히 앉아만 있어도 그냥 몸이 미끄러져 내려갔습니다. 얼마 가지 않아 "악!" 소리가 들렸습니다. 울퉁불퉁한 바닥에 궁둥이가 부딪혔지요. 그분은 궁둥이를 만지며 고통스러워 어쩔 줄을 모르는데 저는 그만 웃고 말았습니다. 저는 웃음을 멈출 수가 없어 돌아서서 손으로 입을 가렸지만 소용없었습니다.

지르메재를 내려와 보니 그분은 온몸이 땀에 젖어 있었습니다. 그분이 힘들어할 때마다 중간중간에 쉬면서도 계속 가기를 재촉하는 게 마음이 편치 않았습니다. 마지막 고개인 말등어리에서 그분은 양쪽 벼랑을 보며 어지럽다고 주저앉았습니다. 제가 가까이 가서 부축하는데 몰골이 말이 아니었습니다. 그분 얼굴은 땀과 입김으로 눈썹에 성에가 붙었고 안경도 뿌옇게 되어 앞이 제대로 보이지 않았을 텐데 그동안 어떻게 걸었을까 궁금했습니다.

태기산성에 들어서고부터는 길이 가파르지 않아 그분이 더 이상 넘어지지는 않았습니다. 제가 우리 집에서 쉬었다 가시라고 했습니다. 그분은 방에 들어서자마자 한참을 곤히 잠에 떨어졌습니다. 그런데 계속 그럴 수는 없었습니다. 우리 남매도 5리 거리의 학교까지 우편물을 가져가야 했기 때문입니다.

저는 그분을 깨워 놓고 엄마가 마련한 식사를 들게 한 후 길을 나섰습니다. 출발 전에 엄마가 새끼를 가져와 그분 구두에 묶어 드렸습니다. 그분은 제가 묶었던 칡이 없어진 것도 몰랐습니다. 이제부터는 신작로가 있기에 거침없이 나아갔습니다. 비록 5리밖에 되지 않고 신작로 길이지만 쌓인 눈이 많다 보니 거의 한 시간이나 걸려 담임 선생님 관사에 도착했습니다. 선생님 내외는 그분을 보자 너무 놀라 서로 손을 잡고 말을 잇지 못했습니다. 그저 어안이 벙벙한 모습들이었습니다.

며칠 후 담임 선생님이 말씀하셨습니다. 그분은 그날 여우 귀신에게 홀린 줄 알았답니다. 두 남매가 금방 보였다가 사라지고, 보였다가 사라지는 상황을 도저히 믿을 수가 없었다는 이야기였습니다. 이해됩니다. 흐린 날 희미한 눈밭

비탈길을 구두를 신고 넘어지며 걷는다는 게 얼마나 힘들었겠습니까. 게다가 초행길은 더 멀게 느껴집니다. 그분은 몸이나 마음이 극도로 혼란한 상태에서 요즈음 흔히 쓰는 말로 멘붕 상태였을 것입니다.

장갑

장갑 중에 벙어리장갑이 있습니다. 아버지에게 이게 왜 말 못 하는 벙어리장갑인지 물었습니다. 옛날에 벙어리는 목구멍의 성대와 입의 혀가 달라붙어 말을 하지 못한다고 생각했답니다. 그와 마찬가지로 벙어리장갑도 네 손가락이 달라붙어 있기 때문이랍니다. 겨울에 썰매를 탈 때 종종 사용하면서도 다른 아이들이 끼고 있는 손가락장갑을 부러워했습니다. 그렇지만 초등학교를 졸업하도록 손가락장갑은 끼어 보지 못했습니다.

지게질을 시작하며 꼴 베기와 나무할 때 장갑의 필요성을 절감했습니다. 나무를 할 때보다 꼴을 벨 때마다 낫으로 베이는 왼쪽 손가락은 정해져 있었습니다. 왼손 집게손가락과 가운뎃손가락은 거의 매일 풀과 낫에 베였습니다. 그것도 꼴을 벨 때는 몰랐다가 손을 물에 씻을 때 밀려오는 통증으로 알았습니다. 요즘처럼 면장갑이 있었더라면 얼마나 좋았을까요.

고무장갑도 마찬가지입니다. 상처가 미처 아물기 전에

다시 베이다 보니 손가락은 늘 흉한 모습이었습니다. 고무장갑이 있었더라면 제 왼손에게 덜 미안했을 것입니다. 고무장갑은 세월이 한참 지나서 봤는데 그 쓰임새가 대단해 보였습니다.

엄마는 종종 할머니 칭송을 했습니다. 엄마 세대는 대부분 시집살이 얘기가 끊이지 않는 시절이었습니다. 엄마가 시집오던 해 겨울에 할머니와 개울에서 빨래하던 이야기입니다. 집에서 뜨거운 물을 한 양동이 가져갔는데 할머니는 한 번도 손을 담그지 않았습니다. 엄마는 따뜻한 물통에 쉴 새 없이 손을 담갔다가 꺼내기를 반복하며 머쓱했던 기억을 떠올렸습니다. 엄마는 할머니가 일찍 돌아가시는 바람에 그 좋은 고무장갑 한 번 끼어 보시지 못했다며 제사 때마다 아쉬워했습니다.

저는 대학 생활을 대전 태용 형님 댁에서 기거하며 시작했습니다. 물론 이것뿐이 아닙니다. 형님은 중학교 고등학교 학비를 전담하다시피 했습니다. 이어서 대학 입학금 전액을 대전 형님이 내주셨습니다. 이외에도 대전 형님은 말로 표현할 수 없을 만큼 허다한 지원을 아끼지 않았습니다. 물론 그 이후의 대학 학비는 거의 부산 형님이 마련했지만 제가 어려울 때마다 대전 형님은 수시로 용돈을 쥐여 주었습니다.

이후 대전 형님 댁을 나와 약 6개월 동안 하숙했습니다. 가을이 되자 함께 하숙했던 친구들이 생활비를 줄여 보고자 너도 나도 누가 먼저랄 것 없이 짐을 꾸리고 셋방을 얻어 나갔습니다. 저도 시월 말경부터 자취를 시작했습니다.

식사 준비는 전기밥솥과 연탄불로 해결이 되었는데 난방이 어려웠습니다. 규칙적으로 귀가할 수 있어야 연탄불을 꺼트리지 않는데 쉽지 않았습니다. 저는 연탄불을 번번이 꺼트렸습니다. 다시 피우려면 번개탄은 필수지요. 그렇지 않으면 주인집 신세를 져야 하는데 그게 만만치 않았습니다. 이것 말고도 겨울에는 빨래도 쉽지 않았습니다. 날씨가 추워지며 엄마 생각이 절로 났습니다. 돈이 없었던 것도 아닐 텐데 졸업 때까지 고무장갑 하나 마련하지 못하고 4년을 보냈습니다.

어느 해 겨울에 밤늦게 귀가해서 빨래하려고 펌프에 마중물을 부으며 땀이 나도록 펌프질했습니다. 아무리 해도 물이 말랐는지 올라오지 않았습니다. 그래서 빨랫감을 들고 마을 공동 우물로 갔습니다. 여름이나 겨울이나 일정한 온도라서 주변에 김이 서릴 만큼 물은 좋았습니다. 새벽 두 시가 넘도록 빨래하고 돌아와 마당에 널고 방에 들어오니 손가락부터 팔뚝까지 벌겋게 되었습니다. 손과 팔뚝이 부어오르며 벌건 데다 얼얼하고 가려워지자 슬슬 겁이 났습니다. 다행히 "애들 손과 항아리는 얼지 않는다."는 엄마 말씀대로 걱정이 사라지자, 고무장갑 사는 걸 또 잊어버렸습니다.

저는 고무장갑을 낄 때마다 겨울날 한밤중에 빨래하던 생각이 납니다. 아무도 보는 사람이 없을 때 했습니다. 밤늦게 빨래하는 게 부끄럽지는 않았지만, 한겨울에 고무장갑도 없이 맨손으로 빨래하는 모습을 불쌍하게 여길까 봐 그랬습니다. 그래서 일부러 늦은 밤에 빨래하기도 했습니다.

졸업할 무렵에 이웃 아주머니들이 나누는 지나간 소문을 듣게 되었는데 제가 우려했던 것이 다 드러났습니다. 그런데 다행스럽게도 마을 사람들은 저를 기특하게 봤습니다. 그렇게 늦은 시간에 누가 봤을까요. 밤눈이 있었던 모양입니다.

자전거포 유감

초등학교를 졸업할 무렵, 엄마는 시장에 사는 약종상 아저씨가 우리 집에 올 때마다 공들여 대접했습니다. 저를 하숙시키기 위해서였지요. 엄마는 제가 중학교 입학하는 시기에 맞춰 하숙을 요청했고 하숙비는 매월 쌀 닷 말로 정했습니다.

입학식 전날, 아버지와 함께 이불보와 옷 보따리를 짊어지고 다섯 시간을 걸어 장터에 갔습니다. 예약한 하숙집을 가던 길에 아버지 친척 형님을 만났습니다. 그분은 왜 어린 애를 남의 집에 맡기냐며 이불보를 빼앗다시피 해서 저와 아버지를 끌고 갔습니다.

하숙집이 한순간에 바뀌었습니다. 저는 그날부터 자전거포 한 귀퉁이에 있는 방을 그 집 아들과 함께 쓰며 하숙이 시작되었습니다. 가게는 육촌 형들과 고용된 기술자가 운영했는데 그들은 제 방을 무시로 드나들었습니다. 자전거, 오토바이, 손수레 등을 수리하며 발생하는 소음, 진동, 먼지와 함께 말입니다. 사실 그 방은 자전거포에 딸린 휴게실 같은 곳이었습니다.

그 집은 열댓 명이나 되는 대가족으로 본집이 따로 있었고 큰길에 있는 집에서 시장 최대의 자전거포를 운영했습니다. 장날이면 9개 리에서 모여든 사람들과 상인들이 골목길을 가득 메울 정도였습니다. 당연히 자전거포도 자전거와 사람들로 붐볐습니다. 자전거포라고 해서 자전거만 다루지 않았습니다. 자전거 매매 및 수리 이외에 오토바이 수리, 그리고 손수레 매매 및 수리, 경운기와 원동기 수리까지 취급했습니다. 그러니 장날이면 자전거포는 온 가족이 동원되어야 했습니다.

저는 자연스럽게 자전거 수리를 거들 수밖에 없었습니다. 특히 장날이면 아침 일찍부터 저녁 늦게까지 밥을 먹지 못하는 경우도 많았습니다. 그러면 식사를 겨우 빵과 우유로 때우기도 했습니다. 주말이 장날일 때 제가 집에 다녀온다고 하면 일본인 아주머니는 노골적으로 싫은 내색을 보이기도 했습니다. 몇 달 지나자, 자전거포에서는 제게 수리 기술을 가르치기 시작했습니다. 제가 자전거에 대한 호기심도 있었지만, 그보다는 어른들의 말씀은 무조건 따라야 한다는 것을 익히 들어온 터라 마다하지 않고 배웠습니다. 그 집에서는 농사도 크게 짓고 있었는데 쟁기질도 그 집에서 배웠습니다.

이후부터 하교만 하면 저는 자전거포에 고용된 직원과 다름없었습니다. 저를 부르기 전에 나가서 대기하는 게 익숙해졌습니다. 정식으로 고용된 기술자가 있었지만 수시로 바뀌기도 하거니와 가게를 운영하던 아들이 종종 가출할 때마다 저는 유용한 대체 인력이었습니다. 저 말고도 제 또래의 아들이 둘이나 있었지만, 그들은 부모 눈을 피해 신출귀몰하는 재주가 뛰어났습니다.

아주머니는 저를 '욘석'으로 불렀습니다. 일본인이어서 발음이 그랬습니다. 어느 겨울 늦은 밤에 하숙집 아주머니가 방문을 열고 잠든 저와 아들 이름을 번갈아 불렀습니다. 제가 일어날 수밖에 없었습니다. 자전거포에는 시장에서 먼 동네로 갈 펑크 난 자전거가 수리를 기다리고 있었습니다.

그때는 자전거 펑크 수리가 원시적이었습니다. 손과 집게로 타이어를 열고 튜브를 꺼낸 다음 찬물을 떠다 놓고 튜브에 바람을 넣습니다. 튜브를 돌려 가며 거품이 생기는 곳을 찾아냅니다. 펑크 주위를 넓게 사포로 문지르고 본드 칠을 합니다. 이와 동시에 폐튜브를 오려내 사포질하고 본드를 칠해 놓습니다. 양쪽의 본드가 어느 정도 굳을 무렵, 폐튜브 오려낸 조각을 펑크 난 곳에 붙입니다. 다시 튜브에 바람을 넣고 튜브를 물에 담그며 펑크가 잘 때워졌는지 확인합니다. 이상이 없으면 튜브의 바람을 빼고 튜브와 타이어를 한꺼번에 자전거 휠에 끼워 넣습니다. 마지막으로 튜브에 바람을 넣으면 펑크 수리가 끝납니다.

한겨울에 면장갑이나 고무장갑도 없이 찬물에 손을 담그고 차가운 쇳덩이를 만지는 일은 쉽지 않았습니다. 그런데 문제는 이런 일이 어쩌다 한 번 있는 게 아니라는 것이었습니다. 이런 상황을 하숙집 이웃 아주머니들이 가끔 들르는 아버지에게 알렸지만, 아버지는 친척 관계 때문인지 어쩌지를 못했습니다.

그런 생활이 2년쯤 되어 갈 무렵 아버지가 학교를 방문하며 해결되었습니다. 어느 날 사업에 실패하며 한 달 이상 행방을 몰랐던 아버지가 학교를 방문했습니다. 선생님들은 아버지에게 이구동성으로 하숙집을 옮기라고 하였습니다. 저는 그날 바로 짐을 쌌습니다. 훗날 친구들은 제가 그 집에서 걸식한다고 생각했습니다. 아닙니다. 하숙비는 다달이 냈습니다.

어느 날 뒤늦게 이런 사실을 조목조목 확인한 엄마는 밤잠을 거스르며 통곡했습니다. 어찌 남의 자식을 종처럼 부릴 수가 있느냐고 말입니다. 저도 그렇지만 특히 엄마가 슬퍼해서 더 화납니다. 제가 나이 들어 생각해도 너무했다는 생각이 듭니다. 그 세월이 아름답지 않아 속상합니다.

그렇지만 그것도 다 인연이었다는 생각입니다. 아버지의 형님이 되는 하숙집 아저씨는 가족들에게 엄하기는 해도 제게는 자상한 분이었습니다. 문제는 아주머니와 일부 아들들이었습니다. 훗날 엄마가 화동리에서 9년간 사시는 동안 그 자전거포 근처를 자주 드나들었지만, 저는 옛날 하숙집을 한 번도 들르지 않았습니다. 무려 50년의 세월이 흘렀는데도 아팠던 추억이 사라지지 않고 남아 있었던 것 같습니다.

눈물과 눈물

엄마가 쏟아 냈던 슬픈 눈물은 때 이른 할머니 죽음으로 부터 시작되었습니다. 시집살이는커녕 며느리를 딸보다 귀하게 여겼으니 그 충격은 말로 표현하기 어려웠습니다. 그 다음은 시누이, 시동생 때문이었습니다. 살림은 넉넉했지만, 계모 슬하의 고모와 숙부를 불쌍하게 바라보며 키우는데 엄마는 바른말 한마디 하기도 어려웠습니다. 속 상하는일이 있을 때마다 그저 속으로 삭이는 수밖에 없었습니다.

엄마는 제 딸이 어렸을 때 아내가 회초리로 때리는 걸 봤습니다. 돌아앉아 눈물을 훔치며 말했습니다. "그 어린 것이 뭘 그리 잘못했다고 매질을……." "난 네 고모와 숙부를 키우며 욕도 한 번 못 해 봤다. 놔둬라!" 하시며 눈시울을 적셨습니다.

엄마는 아홉을 낳았습니다. 그중에서 여섯은 대부분 서너 살을 넘기지 못하고 죽었습니다. 한두 명도 아니고 여섯 씩이나 죽은 자식을 부여잡고 눈물을 흘리다 보니 눈이 망가져 버렸습니다. 저는 엄마가 바늘귀를 꿰지 못할 때마다 물었습니다. 할아버지도 바늘귀를 꿰서 양말을 깁는데 엄마는 눈이 왜 그러냐고 했습니다. 그러면 엄마는 죽은 아이에게 눈물을 떨구다 보니 눈이 망가졌다며 또 눈물이 그렁그렁했습니다.

엄마가 아이를 낳으면 죽고 낳으면 죽고 그러다 보니 제가 태어났을 때는 아예 될 테면 되라는 식의 체념에 가까운 상태에 이르게 되었습니다. 어느 겨울, 눈이 펄펄 내리는 날이었습니다. 엄마는 제 머리에 모자도 씌우지 않고 물을 길으러 나왔습니다. 엄마 등에 업힌 저는 머리, 얼굴, 목덜미로 눈이 녹아 흘러내리자, 추위에 떨기 시작했습니다. 이를 보고 놀란 이웃 할머니가 "이놈 여편네, 애 잡을라!" 하며 발을 동동 구르자, 엄마는 "내버려둬요! 죽으면 죽고……."라고 했답니다.

그런 사연 때문인지 엄마는 유독 저 때문에 많은 눈물을 흘렸습니다. 제가 중학교 입학할 때부터 엄마의 눈물이 다시 시작되었습니다. 하숙하던 저는 주말에 다섯 시간을 걸어 귀가하곤 했는데 이틀을 자고 새벽에 집을 나설 때마다 거의 비가 왔습니다. 우기가 아니었지만, 산골 지형적인 영향으로 그랬을 것입니다. 새벽어둠 속에 내리는 비도 그렇거니와 젖은 풀을 헤치고 나갈 아들을 배웅하던 엄마는 이미 목소리가 깊게 젖어 있었습니다. 엄마 목소리를 눈치챈 저는 부리나케 달려 언덕 너머로 사라지곤 했습니다.

제가 체구라도 좀 더 당당했더라면 엄마가 눈물을 덜 흘렸을 것입니다. 저는 중학교 1학년 신체검사에서 신장 139센티미터, 체중 35킬로그램, 중학교 3학년 신체검사에서 신장 150센티미터, 체중 45킬로그램이었습니다. 당시 출석번호는 키 순이었는데 50여 명 중 15번 정도밖에 되지 못했습니다. 저는 고등학생이 되어서야 엄마를 조금 안심시켜 드린 것 같습니다. 고등학교 2년 동안 22센티미터가 자라는 것을 끝으로 신장 172센티미터, 체중 65킬로그램으로 우리 세대 평균을 넘는 체격이 되었습니다.

엄마 눈물이 어찌 이것뿐이겠습니까. 저도 지랄 총량의 법칙이 적용되는 사내랍시고 툭하면 엄마 속을 뒤집어 놓기 일쑤였습니다. 그래도 엄마는 한 번도 저를 탓하지 않았습니다. 늘 엄마 탓으로 돌렸습니다. 그때는 그걸 왜 몰랐을까요. 그저 한심할 뿐입니다. 고모들이나 숙부는 엄마의 고마움을 절절히 얘기합니다. 그야말로 할머니를 대신하였다는 말씀이지요. 할머니 제사로 모일 때마다 구구절절 눈물바다가 따로 없습니다. 엄마 없는 자식들의 눈물을 닦아 준 고마움을 죽어도 잊을 수가 없다고 말입니다.

며칠 전 함박눈이 쏟아지던 날 친구와 함께 눈길을 걸었습니다. 산행을 시작할 때는 우산을 쓸 정도로 하늘 가득히 눈이 내렸는데 산에 오르며 눈이 멎었습니다. 눈 내린 날치고는 너무나 포근하고 고요했습니다. 아름드리 소나무 곁을 지나는데 눈꽃을 피웠던 눈이 녹아내리며 때아닌 비가 되었습니다. 소나무 눈물을 바라보던 저는 바닥의 눈을 멍하니 바라봤습니다. 바닥의 흰 눈은 솔잎이 그려 내는 그림이 되고 있었습니다. 솔잎 하나하나에서 떨어지는 눈물이 겹치며 더욱 다양하게 그려지고 있었습니다.

　갑자기 엄마가 생각났습니다. 아마 눈감은 여섯 아이를 부여잡고 엄마가 떨군 눈물은 이보다 많았을 것입니다. 솔잎에서 흘러내리는 눈물이 제 눈에 들어올 때마다 엄마 눈물이 제게 쏟아지는 것 같았습니다. 솔잎 눈물과 제 눈물이 혼탁하게 섞이며 목덜미로 흘러내려도 차가운 줄을 몰랐습니다. 점점이 새겨지는 바닥의 솔잎 눈물 자국마저 제 가슴을 뚫는 구멍으로 변해갔습니다. 눈물이 그 구멍을 채우고는 있지만 허전함을 어찌할 수가 없었습니다. 허전함을.

머루

시골의 가을은 풍요롭습니다. 들판의 곡식뿐만 아니라 산속의 온갖 열매도 익어 가는 계절이지요. 가난할지라도 부지런하기만 하면 겨울을 제외하고는 굶지 않고 살 수 있습니다. 봄에는 땅에서 솟는 새싹이든 나무에서 돋는 새잎이든 거의 다 먹을 수 있어요. 게다가 부드러워 식감도 좋고 맛도 일품입니다. 여름으로 다가갈수록 나물은 억세지기 때문에 뜯어서 삶아 말린 다음 겨울에 먹을 수 있도록 저장해 둡니다.

가을에는 밭의 채소 외에는 대부분 열매 또는 땅속 곡식뿐입니다. 채소든 곡식이든 저장해 두는 것들이지요. 무, 배추 등의 채소는 김장하거나 지하 저장고에 잘 보관하면 한겨울 내내 싱싱한 채소를 맛볼 수 있습니다.

아버지와 엄마는 이렇게 가을 추수를 하는 중에 가까운 산속으로 갔습니다. 어느 외딴곳에서 머루 군락지를 발견했습니다. 매일 따서 시장에 내다 파는데 무려 두 주 동안이나 계속되었습니다. 새벽이면 엄마는 멜빵으로 묶어서 한 자루, 아버지는 지게에 두 자루를 짊어지고 버스 타는 곳까지 10리를 걸었습니다. 엄마는 시장에서 머루를 팔고 30리 길을 걸어서 돌아옵니다. 아버지는 엄마와 헤어져 집으로 와서 다시 산으로 갑니다. 오전 내내 머루를 따서 점심 무렵에 집으로 돌아옵니다. 점심 식사 후 두 분은 함께 산으로 가서 다시 머루를 땄습니다. 산골이라 이른 서리가 내려도 상관없었습니다. 서리 맞은 머루는 더 맛이 좋습니다.

시골에서는 돈벌이작물을 재배하지 않으면 현금을 쥘 수가 없습니다. 흔한 곡식을 시장에 내놔 봐야 제값을 받지도 못합니다. 이런저런 궁리 끝에 산 약초를 캐거나 산속 열매를 따지만, 어떤 것은 아예 값이 없습니다. 이런 와중에 아버지와 엄마 앞에 머루가 눈에 띄었습니다. 이웃끼리도 서로 은밀히 움직입니다. 그걸 서로 인정했기에 남의 뒤를 따라가지는 않았습니다. 산속 물건이 주인이 따로 있는 것은 아니지만 암묵적으로 받아들이는 풍토가 있었습니다.

중3 때 가을이었습니다. 그해에 머루, 다래 풍년이 들었습니다. 시장에서는 당연히 값이 없어 품질이 아무리 좋아도 값을 쳐 주지 않았습니다. 그런데도 아버지와 엄마는 꾸준히 머루를 따서 시장으로 날랐습니다. 머루 값과 관계없이 오로지 제 학비만 걱정하며 하는 일이었습니다.

어떤 사람들은 머루를 포도와 비교하지만, 머루 맛은 아무리 맛있는 포도라도 비교할 수 없습니다. 머루 그 자체도 그렇거니와 머루 껍질의 맛이나 씨도 포도와는 차원이 다릅니다. 머루는 포도보다 크기가 작지만, 맛은 훨씬 뛰어납니다. 자연산 머루 맛을 본 사람은 포도를 쳐다보지도 않습니다. 다만 요즈음 흔히 재배하는 머루가 시장에 많이 나오는 탓에 머루가 별게 아니라고 말하는 사람들이 있습니다. 아직 산속 머루 맛을 모르기 때문입니다. 특히 서리 맞아 쭈글쭈글해진 머루는 입에 넣으면 껍질과 씨마저도 꿀맛 같습니다.

「청산별곡」에 나오는 머루, 다래 먹는 이야기는 슬픕니다. 세상을 버리고 청산에 들어가 머루나 다래를 따 먹고 살아야 하는 괴로운 삶을 묘사한 노래여서 그럴 테지요. 삶의 고뇌와 현실 체념을 담고 있기 때문입니다.

살어리 살어리랏다

청산에 살어리랏다

멀위랑 다래랑 먹고

청산에 살어리랏다

(이하 생략)

- 「청산별곡」(작자 미상)

아버지와 엄마의 삶은 「청산별곡」의 내용과 다를 바 없었습니다. 두 분은 항일 시기와 6.25전쟁을 오롯이 겪어 내며 삶과 죽음의 경계를 들락거렸습니다. 게다가 엄마는 도시 대신 깊은 산속으로 향하는 아버지를 외면하지도 않았습니다. 아버지와 엄마야말로 「청산별곡」처럼 사셨다고 생각합니다.

엄마는 제가 머루 따러 나갈라치면 꼭 한마디 했습니다. "머루, 다래 따 먹다 불알이 얽혀 죽었네!"라는 노래가 있다며 조심조심 또 조심을 신신당부했습니다. 최근에 산행 중에 우연히 쭈글쭈글한 머루를 몇 송이 따 먹었는데 어릴 때 그 맛이었습니다. 그와 동시에 엄마 얼굴이 스쳐 갔습니다. 산속에서 나무하다 목이 말라 물을 찾던 중 물 대신 서리 맞은 머루를 따 먹던 기억도 올라왔습니다. 머루 덩굴을 잡아당겨 몇 송이 따다 드렸더니 꿀맛이 따로 없다며 두고두고 흐뭇해하셨습니다. 아들 덕에 별걸 다 먹어 본다며 활짝 웃던 모습도 되살아납니다.

연탄가스

　중학교 때 하숙하며 연탄을 처음 봤습니다. 저는 연탄가스를 몰랐지만, 연탄가스에 중독된 친구를 봤습니다. 심하지는 않았고 김칫국물을 마시고 회복하는 친구를 위로하기도 했습니다. 저는 연탄불을 갈며 피어오르는 연탄가스를 피하려고 숨을 참는 게 힘들었습니다. 또 번개탄이 없을 때 처음 연탄불 피우기가 쉽지 않았습니다. 그에 못지않게 연탄불을 갈 때마다 두 연탄이 들러붙어 떨어지지 않는 걸 떼어 내느라 당황한 적도 많았습니다. 연탄불을 갈고 나서도 연탄재를 처리하기가 마땅찮았을 때도 있었습니다. 연탄재는 길바닥에 던져 질퍽한 웅덩이를 메우기도 했습니다. 사람들은 지나가는 사람의 발에 차이고 부서지는 연탄재가 한때는 뜨거웠던 존재라는 것을 쉽게 잊어버립니다.

　우리는 살아가면서 다른 사람에게 뜨거운 사람이 되기는 어렵습니다. 더 나아가 사람의 마음은 아침저녁으로 변한다는 말이 있듯이 수시로 변하는 사람의 마음을 휘어잡기는 더더욱 어렵습니다. 특히 삶이 어려운 때일수록 더 그렇지요. 살림살이가 어려워지며 가까웠던 사람부터 떨어져 나가는 것을 종종 볼 수 있었습니다. 이런 슬픔과 아쉬움 속에서 부모님은 도시로 나오게 되었습니다.

아버지는 부산으로 처음 이사한 집에서 보름 만에 다시 이사했습니다. 한 달 방세를 냈을 텐데 한 달도 안 되어 다시 떠날 정도로 아버지는 적응하지 못했습니다. 부산에서 두 번째로 이사한 집은 너무 허술했습니다. 부엌에서 방으로 들어오는 문의 문풍지가 모두 찢어져 있는 데다 방이 워낙 작아 그야말로 손바닥만 한 느낌이 들었습니다. 이곳에서 엄마는 세상을 떠날 뻔했습니다. 저는 엄마가 연탄가스를 마셨던 다음 날 찾아갔습니다. 엄마는 몰골이 말이 아니었습니다. 그토록 고왔던 얼굴은커녕 곧 세상을 떠날 것만 같았습니다. 연탄가스를 마시고도 병원에 갈 수 없는 현실이 너무 슬펐습니다.

아버지와 엄마는 그 집에서 보름 정도 살다가 다시 인근의 다른 방으로 이사했습니다. 그 후로도 이사는 계속되었습니다. 세어 보니 7개월 동안 무려 여덟 번이나 이사한 끝에 어느 바닷가에 정착했습니다.

그 후, 대학생이 된 저는 방학 때마다 집에 갔지만 오래 머물지 않았습니다. 거의 일주일을 넘기지 못하고 대전 자취방이나 강원도 고향으로 갔습니다. 그렇지만 대학 졸업을 앞두고는 집으로 갈 수밖에 없었습니다.

부산은 마음에 들지 않았지만, 부모님과 함께하는 생활은 즐거웠습니다. 중학교에 입학하며 집을 떠나 생활하다 10년 만에 돌아온 기쁨이 있었습니다. 그런데 대학 졸업을 한 달 앞둔 어느 날 아침에 저는 일어서자마자 문고리를 잡지 못하고 머리를 문틀에 부딪치며 쓰러졌습니다. 눈을 뜨고는 있는데 몸이 말을 듣지 않았습니다. 엄마도 똑같았습니다. 그나마 아버지가 좀 나은 상태에서 저와 엄마에게 물을 먹이며 정신을 차리게 해 주었습니다. 거의 사나흘을 헤맨 끝에 정신을 차렸지만, 한동안 비실거렸습니다. 연탄불을 볼 때마다 정나미가 뚝뚝 떨어졌습니다.

그때는 아침저녁 뉴스에서 연탄가스와 연탄으로 인한 화재 이야기기가 매일 빠지지 않았습니다. 부산에서 화재가 자주 일어나는 것도 뉴스였습니다. 부산의 부(釜)라는 글자 때문에 불이 자꾸 나야 발전한다는 소문도 떠돌았습니다.

하여튼 희한하게도 누워서는 아무렇지 않았는데 일어서는 순간 쓰러졌습니다. 아마 죽지 않고 일어설 정도의 연탄가스를 마셨던 모양입니다. 아예 누운 채로 정신을 잃는 일도 있었습니다. 시집간 누나가 그랬습니다. 누나는 연탄가스로 정신을 잃었습니다. 매형은 누나를 차에 태우고 고압 산소실을 갖춘 병원으로 달려가며 서두른 끝에 힘겹게 다시 집으로 돌아왔습니다. 조금만 늦었어도 그대로 영안실로 갈 뻔했습니다.

연탄을 사용하던 사람들은 그에 얽힌 사연 하나쯤은 모두 가지고 있을 것입니다. 연탄가스 중독, 연탄 나르기, 연탄불, 연탄재, 탄광, 광부, 매몰, 구조 등과 관련한 이야기들이 아련합니다.

지금은 시골에서도 연탄을 난방용으로는 거의 쓰지 않지요. 비닐하우스 보온용이나 이산화탄소가 필요한 온실에서만 쓴다네요. 산골에서도 난방용으로는 연탄보다는 등유와 나무를 주로 씁니다. 그러니 연탄가스 중독이라는 말도 곧 사라질지 모릅니다. 그런데 그것을 대체할 새로운 말이 나타났습니다. 코로나로 캠핑 인구가 급증하며 일산화탄소 중독이 늘고 있습니다. 가스 사용으로 발생하는 일산화탄소의 위험성도 연탄가스 못지않습니다. 요즈음은 일산화탄소 경보기라도 있으니 그나마 다행일까요.

그동안 도시에 살면서도 연탄가스를 먼 곳의 이야기로만 여겼습니다. 연탄가스로 혼쭐이 나며 도시를 떠나고 싶은 마음은 더욱 간절해졌습니다. 아버지 심정이야 더 말해 무엇 하겠습니까. 제가 살던 고향은 산속에 쓰러진 나무만 주워 와도 한겨울 난방은 충분한 그런 산골이었습니다. 고향을 떠난 슬픔을 더욱 부채질하는 연탄가스는 하루라도 빨리 잊고 싶은 것이었습니다.

보름달

보름달을 볼 때마다 엄마 생각이 납니다. 아니, 그냥 둥근달만 봐도 그렇습니다. 어렸을 때 앞산 너머에서 솟아오르는 둥근달을 볼 때마다 엄마는 두 팔을 크게 벌렸다가 다시 모으며 절을 했습니다. 저는 그저 멀뚱히 바라보기만 하다 돌아섰습니다. 방 안에 혼자 들어온 저는 왜 엄마는 둥근달을 볼 때마다 절을 하는지 그저 수상했습니다.

아마 엄마는 제가 중학교 가며 집을 떠난 후로도 계속 달을 보며 절했을 것입니다. 어쩌다 귀가할 때도 여전히 그 모습을 봤으니까요. 그런데 아버지가 달 보고 절하는 모습은 한 번도 보지 못했습니다. 그런데 가끔 엄마가 제게 "너도 엄마 따라 해 보렴." 하시면 엄마를 흉내 내기도 했습니다.

그러다 고등학교를 집에서 무려 500킬로미터나 떨어진 부산으로 가면서 달 보고 절하는 것을 잊고 있었습니다. 워낙 멀다 보니 1년에 서너 번 정도 외에는 집에 들를 겨를이 없었습니다. 거의 2년간 부모님과 떨어져 지내다가 함께 살게 되었습니다. 부모님이 제가 있는 부산으로 온 것이었습니다.

　부모님은 그해 크리스마스 지날 무렵에 이사한 듯합니다. 제가 방학을 맞고도 강원도 고향에 가지 않은 것은 필수 자격 취득 시험 결과 발표를 기다리고 있었기 때문이었습니다. 저는 운 좋게도 첫 시험에 합격하여 형에게 이제 귀향하겠다고 전화했습니다. 그런데 아버지, 엄마가 부산으로 이사했으니, 갈 필요 없다는 말을 듣는 순간 저는 멍해졌습니다. 이사라니……. 온갖 상상이 스쳐 갔습니다. 그 즉시 달려가 보니 정말 엄마와 아버지가 계셨습니다! 제가 자초지종을 물어도 아버지는 묵묵부답이었습니다. 엄마 또한 마찬가지였습니다.

　집은 허름했습니다. 출입문을 들어서면 왼쪽에 연탄아궁이가 있는 부엌이고, 신발을 벗고 들어서면 방이었습니다. 말로만 듣던 월세 단칸방을 처음 봤습니다. 이런저런 것을 따질 겨를 없이 저는 철물점으로 가서 전선, 전구, 콘센트 등을 사서 필요한 설비를 보충해 놓았습니다.

　아마 일주일 정도 머물다가 고등학교 기숙사로 돌아간 듯합니다. 저는 며칠을 기숙사에 머무르다 간편한 짐을 챙겨 아버지 집의 방문을 열며 엄마를 불렀는데 기척이 없었습니다. 잠기지 않은 문을 열고 방에 들어선 저는 황당했습니다. 방 물건이 모두 사라졌습니다!

집을 나와 인근의 지인을 찾아가니 아버지는 며칠 전에 사상역 근처로 이사했다며 그 인근의 아버지 친구분 집을 찾아가라는 겁니다. 다행히도 아버지는 예전에, 혹 무슨 일이 있을 때 어느 아저씨 집으로 오라며 제게 약도를 그려 주신 적이 있었습니다. 그걸 펼쳐본 후, 버스를 갈아타며 아버지 고향 친구분 집을 찾아갔습니다. 그분은 저를 반기며 아버지가 이사한 사상역 뒤의 집을 알려 주셨습니다. 철길 건너 언덕 위 허름한 집은 제가 여태껏 봐 왔던 집, 아니 방 중에서 가장 작고 허름한 방이었습니다.

아버지는 출타 중이셨고 엄마는 이마에 수건을 동여매고 누워 계시다가 저를 반기며 눈물을 떨궜습니다. 뚫어진 문풍지 사이로 스며든 연탄가스에 중독되고 회복하는 중이었습니다. 기막힌 현실에 말문이 막혔습니다.

잠시 후 엄마와 저는 아버지를 찾으러 집을 나섰습니다. 뒷산 계곡 어느 골짜기에 사는 고향 아저씨 집을 찾아갔는데 아버지는 없었습니다. 그냥 발길을 돌렸습니다. 소나무 숲을 지나 훤한 모퉁이를 돌아서는데 큼지막한 보름달이 보였습니다. 엄마는 그 즉시 두 팔을 크게 벌려 허리를 굽히고 또 굽혔습니다. 아마 땅이 질편하지 않았더라면 그냥 땅바닥에 엎드렸을 것입니다. 저만큼 떨어져서 엄마를 바라보던 저는 아무것도 못 하고 그저 멍하니 바라보기만 할 뿐이었습니다. 집에 돌아와 방 안에 엄마와 함께 앉았지만 서로 아무런 말이 없었습니다. 엄마 얼굴에 하염없는 간절함만 가득했습니다.

방 안이 어두워졌는데도 불을 켤 생각이 없었습니다. 얼마만큼 시간이 흐르고 나서야 엄마는 "아, 내 정신 좀 봐. 아들 배고프겠다. 조금만 기다리거라. 금방 밥해 줄 테니 조금만 참거라." 하시며 부엌으로 나갔습니다. 그와 거의 동시에 아버지 헛기침 소리를 들었습니다. 알고 보니 길이 어긋나는 바람에 서로 숨바꼭질한 것 같았습니다.

아버지가 돌아왔어도 방 안 분위기는 아까와 다르지 않았습니다. 세 가족이 저녁을 먹으면서도 분위기는 여전했습니다. 땅 꺼질 듯한 한숨을 참아 내는 부모님의 모습을 바라보는 저도 괴롭기는 마찬가지였습니다. 잠자리에 들어서도 부모님은 잠들지 못했습니다. 저도 이리저리 몇 차례 뒤척이다 뒤늦게 잠이 들었습니다. 다음 날 아침 일찍이 일어났지만 모두 퀭한 모습을 감출 수 없었습니다. 저는 아침을 먹자마자 바로 학교 기숙사로 돌아갔습니다. 그리고 한동안 엄마에게 가지 않았습니다.

그 시절이 무려 50년이 되어 갑니다. 아직도 잊히지 않고 또렷이 기억나는 걸 보면 아마 그때 그 상황이 몹시 충격으로 기억되었던 모양입니다. 이제 부모님 모두 먼 길 떠난 지 40년, 10년이 지나가고 있지만 잊을 수가 없습니다. 저도 언제부터인가 보름달을 볼 때마다 엄마가 했던 것처럼 두 팔을 크게 벌려 절하며 엄마를 흉내 내곤 합니다. 그와 함께 엄마를 세 번 부르고 아버지를 한 번 부릅니다.

보자기 채소와 솔잎

어느 해 늦가을 주말에 형님 댁에 들렀습니다. 엄마가 보이지 않아 조카들에게 물으니, 할머니는 텃밭에서 키운 오이, 호박 등을 카트에 싣고 시장에 가셨답니다. 아침에 나간 분이 12시가 되도록 돌아오지 않으니 기다리다 못해 길을 나섰습니다. 엄마가 돌아올 길을 짚어 보며 골목골목을 두리번거리다 보니 시장 근처에 다다랐습니다.

먼발치에서 보니 엄마는 시장 입구는커녕 한참 떨어진 곳에서 오이, 호박, 파, 상추 등을 보자기 위에 펼쳐 놓고 하염없이 쭈그리고 앉아 있었습니다. 시장 밖의 늙은 할머니가 마련한 채소는 시장을 찾는 사람들의 눈에 들기 어려울 수밖에 없습니다. 그걸 바라보던 저는 그냥 돌아설까, 엄마 앞에 나설까를 망설이다 성큼성큼 다가갔습니다. 그때였습니다. 키가 훤칠한 중년 부인의 "전부 얼마예요?"라는 물음에 엄마가 "8천 원만 줘요" 하자 그녀는 1만 원을 놓고 채소를 담은 비닐봉지를 들고 돌아서려 했습니다. 엄마는 그 부인의 손을 잡고 "잠깐만요!" 하며 2천 원을 허리춤에서 꺼냈습니다. 그러자 그녀는 "놔두세요! 할머니 채소가 싱싱해서 좋아요!" 하며 시장 안으로 사라졌습니다.

그제야 다가서는 저를 본 엄마는 "언제 왔니?" 하며 대번에 눈물이 글썽글썽해졌습니다. 이어서 "얼른 집에 가자. 밥 차려 주마!" 하시는데 빈 그릇으로 덜그럭거리는 카트를 끌고 가는 제 발길은 무거웠습니다. 엄마는 손자 용돈으로 하루 5천 원이 필요한데 오늘은 만 몇천 원이나 마련했다며 즐거워했지만 저는 즐겁지 않았습니다.

엄마가 정성을 다해 마련한 채소지만 장 보는 아낙네가 시장 밖의 물건을 거들떠보지 않는 게 당연합니다. 그런데 장바구니에 엄마의 채소를 휙 쓸어 담던 그 부인의 모습은 오랫동안 잔상으로 남았습니다. 어쩌면 이런 게 휴머니즘 아닐까요. 사람들은 휴머니즘을 입으로만 중얼거리며 실천하지 못합니다. 돌아오는 길에 엄마가 말했습니다. 그 부인은 늘 그렇게 엄마의 채소를 쓸어 담았답니다.

최근에 청계산 입구에서 있었던 일입니다. 고속도로 지하통로 상가에 할머니들이 채소를 깔끔하게 갈무리해 놓고 손님을 기다리고 있었습니다. 함께 걷던 고향 친구야말로 할머니들의 채소를 쓸어 담는 습관이 있었습니다. 그동안 몰랐던 일이었습니다. 친구가 가볍게 던진 한마디에 저는 그만 가슴이 먹먹해졌습니다. 할머니들의 얼굴을 꼼꼼히 살피며 엄마 이미지를 떠올리던 저는 20년 전 중년 부인과 제 친구의 얼굴이 겹치며 눈물이 그렁그렁해지고 말았습니다. 한참을 말없이 걸었습니다.

산 중턱에서 바닥에 솔잎이 깔린 등산로를 걷던 친구가 제게 물었습니다. 솔잎을 보면 생각나는 게 있느냐는 것입니다. 저는 부엌 아궁이와 벌통이 생각났습니다. 시골에 살았다면 솔잎이 불쏘시개로 쓰이는 걸 모를 수는 없습니다. 그러면 솔잎과 벌통은 뭐지? 모르는 사람이 많을 텐데, 솔잎은 단열재로 쓰였습니다. 스티로폼이 없던 시절에 벌이 겨울을 나려면 육면체 모양의 벌통 주변을 솔잎으로 꾹꾹 눌러 덮었습니다.

친구가 말을 이었습니다. 또 엄마를 떠올리게 했습니다. 학교에서 돌아와 집에 들어설 때 고소한 들기름 냄새가 나면 틀림없이 엄마가 솥뚜껑을 뒤집어 화덕에 올려놓고 전을 부치고 있었답니다. 그때 엄마 곁에서 솔잎 한 줌을 화덕에 넣어 화력을 조절하며 부침개를 먹던 추억이 떠오른답니다. 아! 엄마들은 거의 비슷하구나! 그런데 친구네는 부자였던 모양입니다. 구운 돼지고기도 함께 먹었답니다.

그 옛날 시골에서는 나무가 주로 부엌 아궁이를 달궜지

만, 볏짚, 왕겨, 솔방울, 솔잎 등으로 부엌의 나무를 대신하기도 했습니다. 살다 보면 장작을 창고에 쟁여 놓을 때도 있지만 당장 저녁밥을 지을 땔나무가 떨어질 때도 있습니다. 그러면 솔잎 한 짐을 그러모아 나무를 대신했습니다.

비록 어렸지만, 저는 부엌에 장작이 쌓여 있지 않으면 불안했습니다. 그래서 꼴 베기와 나무하기는 늘 제 몫으로 생각했습니다. 제가 꼴짐이나 나뭇짐을 지고 마당에 들어서면 그토록 무서웠던 할아버지조차 흐뭇한 기색을 감추지 않았습니다. 그에 반해 엄마는 흐뭇함과 안타까움을 동시에 드러냈습니다. 이 또한 벌써 50년이 지나가고 있습니다.

매질

어느 학자는 때리고 맞는 일을 전근대적이라며 극도로
혐오합니다. 그는 근대의 기준을 구타 같은 폭력의 정도에
따라 구분하기도 합니다. 이에 따르면 우리 사회는 현대는
커녕 근대에도 미치지 못합니다. 요즈음 젊은이들의 데이
트 폭력은 참으로 이해하기 어렵습니다. 우리 사회가 민주
화되었다고 하는데도 일어나고 있으니 말입니다. 온전한
자유를 누리고 있다고 생각되는 세대에서 일어나는 데이트
폭력으로 인터넷 공간을 달구는 게 믿어지지 않습니다.

어렸을 때 이웃에 평안도가 고향인 분이 살았는데 이분
은 아주머니를 종종 때렸습니다. 저는 평안도 아저씨 집과
아주 가까운 곳에 살던 아버지 친구분이 전하는 이야기를
들은 게 잊히지 않습니다. 아주머니의 바가지 긁는 소리와
아저씨의 1단계 경고 "그만두라우!" 2단계 경고 "썅!"에 이
르는 과정은 늘 거의 같았습니다. 아저씨의 1단계 경고 후
에도 아주머니의 바가지 긁기가 계속되면 2단계 경고와 함
께 그 이후 벌어질 일들 또한 똑같았습니다. 아저씨의 2단

계 경고가 발동되었다면 그다음 날 아주머니는 머리에 수건을 쓰게 됩니다. 아주머니는 시퍼렇게 멍든 눈두덩을 가려야 하기 때문입니다.

제가 어렸을 때 동네 아이들은 거의 다 매를 맞으며 자랐습니다. 어느 집이나 정도의 차이만 있을 뿐이지 매 맞는 일은 당연시되었습니다. 그런데도 저는 매를 맞지 않았습니다. 아버지는 "이놈!"이라는 한마디도 없었습니다. 엄마가 가끔 회초리를 들었지만 제가 도망칠 기회를 주었고 거의 위협만 했습니다. 주로 제가 누나에게 깐족대며 누나를 이겨 먹으려 달려들다 보니 누나가 분해서 눈물을 떨구는 일이 종종 있었기 때문입니다. 물론 그런 일도 제가 중학교에 입학하며 사라졌습니다. 어느 날부터인가 저는 누나가 어려워 누나 앞에서 고개를 떨구고 말도 제대로 하지 못하기 시작했습니다.

초등학교 때는 매 맞은 기억이 없습니다. 중학교 때는 월말고사 때마다 과목별로 여러 차례 매를 맞았습니다. 특히 개인별로 기준 점수를 부과하는 영어 선생님으로 인해 모든 학생이 매를 맞았습니다. 고등학교 때는 실습장에서 군대처럼 체벌이 종종 있었습니다. 기숙사에서는 선배들에게 불려 가 PVC 파이프로 매를 맞고 서럽게 울기도 했습니다.

대학 때도 마찬가지였습니다. 하지만 선배들이 단합대회 명목으로 후배들을 때리는 중에 후배들의 저항으로 흐지부지되었습니다.

군에 입대할 때 엄마는 "군대는 잘해도 때리고 못 해도 때린단다. 앞에도 서지 말고 뒤에도 서지 마라!"는 말씀과 함께 울먹였습니다. 엄마 말씀대로 군대는 전근대의 모습이 살아 있는 곳이었습니다. 욕설과 구타를 빼면 뭐가 남을까 궁금합니다. 군대는 우리 사회 곳곳에 반민주적 양식을 공급하는 마르지 않는 샘터일지도 모릅니다. 제가 제대한지 40년이 지나가지만, 여전히 들려오는 소식은 근대와 거리가 멉니다.

교사가 되어 들어선 교실 또한 전근대적이었습니다. 학교에서는 학급별 성적 비교 및 고입 합격률 경쟁으로 학생들을 몰아세웠습니다. 저도 그랬습니다. 그러지 않을 수 없었다는 변명은 하지 않겠습니다. 거의 40년이 지나가고 있지만, 잘못이 사라진 것은 아닙니다. 정말 잘못했습니다. 그때 매질로 상처받은 학생들 모두에게 용서를 구합니다.

전염병 코로나가 한창 기승을 부리던 어느 날 제가 교실에서 화를 냈습니다. 한 학생이 "왜 화를 내십니까?"라는 말에 저는 말문이 막혔습니다. 아! 세상이 달라졌구나! 맞습니다. 이제는 학생들에게 욕하거나 때리는 것은 당연히 사라져야 하고 화내는 것조차 안 되는 시대가 되었구나!

저는 전근대 풍토 속에서도 아버지와 엄마의 사랑으로 다른 아이들이 누리지 못하는 자유를 누리고 매질이 뭔지 모르는 채 유년 시절을 보냈습니다. 청소년 시절에 매를 맞기는 했지만, 마음에 상처로 남지는 않았습니다. 다만 군대에서 있었던 구타는 아쉽습니다. 물론 엄마에게 "요새는 안 때려요!"라고 거짓말을 했습니다. 아마 엄마는 알면서도 제게 물었을 것입니다. 엄마가 사라지고 없는 마당에 계속 거짓말을 할 수는 없습니다. "엄마, 저 많이 맞았어요!"

엄마 향학열

아버지와 엄마는 20리 정도 떨어진 동네에서 살다가 중매로 결혼했는데 인근에는 서당만 있었고 초등학교는 없었습니다. 아버지는 서당에서 한학을 배우다 충주로 유학했습니다. 아버지는 큰할아버지 양자였기에 어린 나이에 시골을 떠나 충주 읍의 초등학교에 입학했습니다. 큰댁에서 기거하며 초등학교를 마치고 귀향했습니다. 상급학교에 진학할 수도 있었지만, 큰할머니 반대로 접었습니다.

아버지는 초등학교 졸업 학력에도 불구하고 제가 초등학교에 다니는 동안 거의 매일 숙제를 곁에서 도와주셨습니다. 특히 아버지는 초등학교 하급 학년인 제게 중학교 한문과 수학 과목을 교재나 필기도구도 없이 구술로 가르쳤습니다, 아버지는 수학적 감각이 있는 분이었습니다. 아버지가 제 고등학교 한문 공부를 도울 때는 한문 선생님보다 훨씬 좋았습니다. 다만 고등학교 수학 공부를 돕기는 어렵다며 그만두었습니다.

엄마가 일곱 살 때 이웃 사내아이는 모두 초등학교에 입학했습니다. 학교에 다니고 싶었던 엄마는 어린 나이에 10리나 떨어진 면 소재지 초등학교를 홀로 찾아갔습니다. 일본인 교장을 만나 입학을 요청했습니다. 교장은 아버지 허락을 받아 오면 된다고 했지만, 엄마는 외할아버지 허락을 받지 못했습니다. 가까운 곳에 야학이 생겼지만 그 또한 외할아버지 허락을 받지 못해 포기했습니다.

이후 엄마의 아홉 살 아래 외삼촌이 초등학교에 입학했습니다. 이때부터 엄마는 동생의 책을 읽으며 공부를 시작했습니다. 동생의 도움을 받으며 책을 읽는 것도 외할아버지는 그대로 놔두지 않았습니다. 여자가 공부해서는 안 된다는 것이었습니다. 엄마는 좌절했습니다. 외할아버지 눈을 피해 가며 읽고 쓰기를 계속할 수가 없었습니다. 그러다 열여덟 살에 결혼과 함께 공부는 완전히 끝났습니다.

누나와 제가 초등학교에 입학하면서 엄마는 남매에게 편지 쓰기를 가르쳤습니다. 짧은 기간이나마 힘겹게 배웠던 읽고 쓰기의 기본이 있었기에 가능했지요. 그 결과 몇 년 후 누나는 펜글씨 쓰기 대회에서 금상을 받았습니다. 저는 50여 년이 지나 백일장에서 수필로 우수상을 받았습니다. 엄마의 가르침 덕분입니다.

어느 날 엄마는 제게 달이 뿌옇게 보인다며 안경 렌즈를 바꾸고 싶다고 했습니다. 안경원에 가서 시력검사를 하며 렌즈를 맞추는데 일정한 시력이 나오지 않았습니다. 재검사를 거듭하던 안경사는 눈에 다른 문제가 있는 듯하다는 소견과 함께 안과 진료를 권했습니다. 즉시 공안과에 갔는데 양안 모두 백내장이었습니다. 두 번에 걸친 백내장 수술로 엄마는 시력을 되찾았습니다.

수술 회복 기간에 엄마는 책이나 신문 등을 읽기 시작했습니다. 엄마는 불자였기에 불경 관련 책들을 몇 권 구해 드렸더니 소리 내 읽으며 감격해했습니다. 그러고는 재미있는 책을 외할아버지 불호령 때문에 읽지 못한 서운함을 드러냈습니다. 쓰기 또한 삐뚤빼뚤하지만, 곧잘 써 나갔습니다.

제 곁에서 엄마가 사라진 후 힘겨운 시간을 보낼 때입니다. 강원도 양양에 사는 어느 할머니가 책을 출판했습니다. 그분은 엄마와 동갑이었습니다. 외모나 글씨가 엄마와 비슷했습니다. 책의 내용도 마찬가지였습니다. 그분은 초등학교 교사이자 작가인 외손자가 공책을 사 드리며 일기를 쓰게 해서 모은 글을 책으로 만들었습니다. 엄마 생각으로 견디기 힘들 때마다 그분을 찾아가려 했지만 포기했습니다. 그분이 언론에 노출된 후 온갖 사람들이 떼 지어 몰려드는 상황이 발생했기 때문입니다.

어느 대학 교수도 그 할머니 책을 읽고 '쓰기란 무엇인가'를 되짚었습니다. 곳곳에서 묻어나는 진솔함이 그 교수뿐만 아니라 여러 사람의 심금을 울렸습니다. 저는 그 할머니 책을 읽으며 여러 페이지에 눈물을 떨어트렸습니다. 나중에 다시 보니 두껍고 빳빳한 종이가 군데군데 쭈글쭈글해져 있었습니다.

그 할머니는 배움의 시기를 놓쳤지만, 아들이나 손자가 못 배운 한을 덜어 드렸는데 저는 그렇지 못했습니다. 또 하나의 회한이 쌓이는 순간이었습니다. 게다가 엄마는 이미 읽고 쓰기가 어느 정도 되어 있었으니, 제가 조금만 관심을 가졌더라면 양양의 할머니처럼 책을 출판할 수도 있었을 것입니다. 제가 앞길을 제대로 가지 못하고 헤매다 보니 엄마를 돌아볼 여유를 갖지 못했습니다. 마냥 부끄러울 뿐입니다.

뇌신

뇌신이 뭔지 모르는 사람이 많지 않을까요. 뇌신은 두통 약입니다. 엄마가 복용하는 것을 어릴 때부터 봤습니다. 엄마가 수건을 쓰면 "아! 엄마가 또 두통이 왔구나!"라는 것을 눈치챌 뿐이었습니다. 거의 매일같이 엄마가 뇌신 한 봉지를 입에 털어 넣고 물 마시는 모습을 물끄러미 바라보기만 했습니다.

저는 두통과 복통을 거의 모르고 살았습니다. 그런 제게 두통이 왔습니다. 쉰 살을 앞둔 어느 날 혼자만 집에 있을 때였습니다. 머리 왼편 뒤쪽 한 곳이 무엇인가로 콕콕 찌르는 것 같았습니다. 그런데 그게 계속 그런 게 아니라 간헐적으로 나타났습니다. 편두통이라는 게 이런 걸까요. 아내는 한 달간 호주 연수를 떠났고, 큰딸은 뉴질랜드 자매 고교 교환 방문 중이었고, 작은딸은 이모 집으로 가고 없었습니다.

비가 추적추적 내리는데 시원한 바람을 쐬려 남한산성에 올랐지만, 소용이 없었습니다. 집에 돌아온 저는 바로 드러누웠습니다. 그런데 일어서든 눕든 증세는 여전했습니다.

밤 10시에 김포공항 근처에 사는 친구에게 전화하니 그 아내가 받더군요. 웬일이냐고 묻는데 지금 방문하고 싶다고 했더니 오라고 하더군요. 친구 집을 11시가 넘어 현관에 들어서니 의아해하는 게 당연했습니다. 아내가 없어져 성질 났다 하니 친구 부부가 한참을 파안대소했습니다. 하룻밤을 지내고 집으로 돌아왔지만 마찬가지였습니다.

마침 주말이라 동네 병원도 문을 닫았습니다. 두통약을 사려다가 멈칫했습니다. 이거 혹시 뇌에 뭐 큰 병 생긴 게 아닐까. 혼자 있으며 온갖 상상을 다 늘어놓고 있었습니다. 슬슬 겁이 나기 시작했습니다. 혼자 있으면 안 되겠다 싶어 밀양 누나에게 전화하고 차를 몰았습니다. 토요일 밤을 매형님 댁에서 뒤척이며 통증을 견디는데 이제는 두통보다는 심리적으로 흔들리고 있었습니다. 다음 날 아침을 먹자마자 귀경을 서둘렀습니다. 다시 집으로 돌아왔지만, 일요일 밤이 길게 느껴졌습니다.

월요일 아침 일찍 병원에 갔는데 긴장한 제 몰골을 보고도 의사는 괜찮다며 처방전을 내밀었습니다. 약을 먹고 점심 생각도 없이 온종일 잤습니다. 허기를 느끼고 저녁 무렵에 자리에서 일어났습니다. 이상할 정도로 개운했습니다. 언제 두통을 겪었냐는 듯했습니다.

나이 쉰이 되도록 별다른 두통을 몰랐던 게 이상한 일이었습니다. 의사는 두통으로 고통스러워하는 사람도 많지만, 이와 반대로 두통을 전혀 모르는 사람도 의외로 많다고 했습니다. 하여튼 오랜 세월 두통으로 고생한 엄마가 다시금 생각나는 계기가 되었습니다.

엄마는 삶의 마지막 9년을 서울을 떠나 고향으로 돌아가 살았습니다. 제가 태어난 고향이자 외갓집이 멀지 않은 곳이었습니다. 서울에서 살 때는 뇌신 한 통을 사면 한 달 만에 소진되고도 모자랄 때가 많았습니다. 엄마가 귀향한 이후 저는 뇌신 잔량을 수시로 살폈습니다. 서울과 달리 약이 떨어지면 엄마 혼자 장터에 있는 약국까지 갈 수 없기 때문입니다. 그런데 어느 날 약통을 열어 보니 6개월이 지나도록 뇌신이 거의 그대로 남아 있었습니다. 혹시 엄마가 뇌신 부작용이 있지 않았을까 걱정했는데 아니었습니다. 두통이 그만큼 줄어든 것이었습니다.

제가 어렸을 때 엄마는 머리에 수건을 동여매며 이다음에 머리를 쪼개 보고 싶다고 했습니다. 매일 한 곳만 콕콕 찌르는 것 같다며 괴로워했습니다. 저는 단 한 번 편두통을 겪고 나서 겨우 엄마가 생각날 정도로 우매한 아들이었습니다. 엄마, 죄송해요!

엄마가 두통에 시달릴 때 저는 엄마를 위로하는 한마디 말도 할 줄 몰랐습니다. 그렇다고 엄마 말을 잘 듣지도 않았습니다. 곧잘 엄마 속을 뒤집어 놓았습니다. 철들자 망령이라는 속담이 있습니다. 저야말로 환갑이 지나가며 철들어 가는 것 같아 부끄럽습니다. 이제 곧 망령이 들이닥칠 텐데 걱정입니다.

이별 연습

엄마가 멀리 떠나기 3년 전부터 저는 엄마와 여러 이야기를 나누었습니다. 엄마는 제가 묻지도 않는 이야기를 꺼내는 것은 물론 외가 묘소에 잔을 올리며 내년에도 올 수 있으려나 하며 말끝을 흐렸습니다. 저녁 잠자리에서는 할머니, 할아버지, 아버지처럼 화장해 달라며 운명할 때 고생스러울 것을 걱정했습니다. 아울러 병원에서 온갖 바늘을 여기저기 꽂으며 힘들게 하지 말고 그냥 죽게 해 달라는 말까지 덧붙였습니다. 그때마다 저는 알았다며 그대로 하겠다고 약속했습니다.

진도 팽목항 근해에서 세월호가 침몰하기 1주일 전, 고향 친구로부터 전화가 왔습니다. 엄마가 넘어져 다치며 얼굴이 많이 상했다는 소식이었습니다. 저는 오늘 당장 갈 수 없으니 친구가 병원으로 모시도록 부탁했습니다. 그는 제게 걱정하지 말고 주말에 다녀가라며 전화를 끊었습니다.

금요일 저녁에 엄마를 보니 얼굴이 말이 아니었습니다. 앞으로 넘어지며 얼굴, 이마, 콧등 그리고 팔뚝, 손등까지 여러 곳에 팥죽을 쒀 바른 것 같았습니다. 당장 병원에 가자니 완강하게 거절하며 다 나았으니 걱정할 게 없답니다. 이튿날 다시 병원을 재촉해 봤지만, 여전히 요지부동이었습니다. 아내는 엄마가 기력이 떨어져 넘어진 만큼 서울로 모셔가 기운을 회복하게 하자고 했습니다. 엄마는 그마저도 괜찮다며 밭으로 나갔습니다.

그로부터 한 달이 지난 어느 날 새벽에, 엄마가 호흡곤란을 알리는 전화를 했습니다. 즉시 119 구조대가 병원으로 이송하여 온종일 온갖 검사를 했습니다. 의료진에게 상태나 증상을 물어도 검사 중이라는 말만 할 뿐 호흡곤란이 호전되지 않았습니다. 그런데도 저는 엄마가 돌아가신다는 생각은 추호도 하지 못했습니다. 게다가 저는 엄마 몸에 온갖 바늘을 꽂지 말라는 약속을 까마득히 잊어버렸습니다. 제정신이 아닌 채로 허겁지겁 헤매기만 할 뿐이었습니다.

호랑이에게 물려 가도 정신만 차리면 산다는 말은 엄마 장례식이 끝나고 나서야 떠올랐습니다. 엄마와의 약속을 저버린 불효를 어떤 변명으로도 눈가림할 수 없었습니다. 이성을 찾지 못하고 약속을 지키지 못한 부끄러움이 못내 아쉽습니다. 그러니 무엇을 하든 연습을 거듭해야 합니다.

아내는 두 딸과 헤어지기를 연습했습니다. 두 딸을 데리고 어느 박물관을 찾아가던 중 지하철에서 의도적으로 헤어져 보았습니다. 아내는 두 딸을 지하철에 먼저 태우며 신신당부했습니다. 엄마는 바로 뒤따라갈 테니 너희는 다음 역에 내려서 꼼짝 말고 그 자리에 서 있으면 된다고 말해 놓았습니다. 휴대전화가 없던 시절이라 서로의 불안감이 엄청났을 것입니다.

저는 유리창 밖에서 멀어지는 엄마를 바라보는 다섯 살, 여덟 살밖에 안 된 두 딸의 공포를 가늠하기 어려웠습니다. 두 딸에게 손을 흔들어 주던 아내 또한 가슴속까지 밀려드는 혼돈을 떨쳐 내며 다음 지하철에 올랐습니다. 불과 몇 분 되지 않는 시간이었지만 매우 길게 느껴졌을 것입니다. 아무것도 모르는 지하철은 다음 역 플랫폼에 들어설 때까지 몇백 미터밖에 안 되는 터널의 덜컹거리는 소음으로 아내의 마음을 흔들어 놓기에 알맞았습니다.

아내는 플랫폼이 보이기 시작하자 눈을 깜빡거리거나 떼지도 않았습니다. 조마조마한 마음 탓이었는지 휘어진 플랫폼 때문이었는지 두 딸은 보이지 않았습니다. 가슴이 덜컥 내려앉으려는 순간 출입문이 열리자마자 플랫폼으로 뛰쳐나갔지만, 그 많은 인파 속에서 두 딸이 보일 리가 없었습니다. 아내는 심호흡하며 눈을 감고 그 자리에 섰습니다.

환한 플랫폼에서 눈두덩이 어두워지는 느낌을 떨칠 수가 없었습니다. 바로 그때 아내는 "엄마!" 하는 합창 소리에 놀라 눈뜨며 두 딸을 끌어안고 눈물을 훔쳤습니다.

그 무렵 어느 TV에서 어린이날 행사 참여 중 이산가족이 된 아이와 엄마가 흐느끼는 장면을 본 후였기에 아내와 두 딸의 감격은 훨씬 더 컸습니다. 아내와 두 딸의 헤어져 보기는 이미 약속해 둔 것이었지만 잠시도 마음을 놓을 수 없는 연습 아닌 연습이었습니다.

우리 부부는 계획하지 않은 연습도 해 봤습니다. 어느 공원에서였습니다. 공원 한구석에 망치로 괴물의 머리를 내리치면 "뿅!" 소리와 함께 사라지고 다른 괴물이 올라오는 놀이가 있었습니다. 작은딸이 네 살 때로 기억됩니다. 제가 그만 보고 가자고 해도 둘째 딸은 처음 보는 광경에 눈을 떼지 못했습니다. 우리 부부는 큰딸을 데리고 근처 숲에 숨었습니다. 잠시 후 혼자라는 것을 확인한 작은딸은 소리 높여 울기 시작했습니다. 그러다 울음을 그치고 여기저기를 살피고 울기를 반복했습니다.

큰딸과의 연습도 어느 공원에서였습니다. 사내아이 고추 모양의 분수 장치에서 물이 나오는 게 신기한 모양이었습니다. 이번에는 작은딸과 숲에 몸을 감췄습니다. 일곱 살

된 큰딸도 마찬가지였습니다. 어떤 아이라도 그런 순간은 견디기 어렵습니다. 그저 환장합니다.

　가족이든 아니든 만난 사람은 반드시 헤어지기 마련이지요. 다만 그 만남의 길이와 감정에 차이가 있을 뿐입니다. 우리는 이별을 쉽게 받아들이지 못합니다. 친밀한 사이일수록 더 그렇습니다. 이별을 말하기가 민망한 만큼 회피하게 되고 이별에 서툽니다. 그런데 우리는 무엇을 하든 땀나도록 연습하면서 살아가는데 그토록 중요한 이별 연습은 왜 안 할까요.

3부

운 좋은 나

아홉 번째

예전의 시골에서는 병원 의료 혜택을 거의 누리지 못했습니다. 어린아이나 노인이 병들면 거의 모두 죽음으로 이어졌습니다. 그러다 보니 병들면 죽는다는 말이 자연스러울 정도였습니다. 어쩌다 환자가 병원에 가더라도 병원비를 감당하지 못하고 치료 중 퇴원하곤 했습니다. 돈이 없기도 했지만, 병원이 멀어 접근성이 떨어지는 것도 어쩔 수 없는 일이었습니다.

엄마는 저를 낳기 전에 여덟을 낳고 여섯 자식을 잃었습니다. 엄마가 마흔한 살이 되던 해에 저는 아홉 번째로 태어났습니다. 제 위로 형과 누나가 있어서인지 아니면 이미 여섯 아이를 잃어서였는지는 몰라도 엄마는 저를 거칠게 키웠습니다. 그 당시 시골에서는 대체로 그렇지 않았을까 생각됩니다. 집안 상황이 더욱 나빠진 탓도 있었습니다. 제가 태어날 무렵 아버지가 양말 공장을 운영하던 중 판매사원이 수금한 돈과 양말을 갖고 도주하며 부도가 났습니다. 그 여파로 엄마는 저를 제대로 먹이지도 못했다며 눈물지었습니다. 그런데 엄마 젖이 모자라 젖배를 곯았으면서도 저는 크게 아프지 않고 잘 컸습니다. 엄마는 모유 대신 우유라도 먹였어야 했는데 그러지 못했다며 슬퍼했습니다.

어느 해 봄, 엄마는 저를 아버지에게 맡기고 산나물을 뜯으러 집을 나섰습니다. 아버지는 저를 돌보다 술에 취해 잠들었습니다. 저는 방에서 엉금엉금 기어 나와 우물가로 갔습니다. 우물에 빠진 저는 마침 물을 길으러 나온 아주머니에게 발견되어 살아났습니다. 그것도 두 번씩이나 말입니다.

무거운 나물 보를 머리에 이고 집으로 오던 엄마는 아버지가 보이지 않아 의아했습니다. 함께 갔던 아주머니의 남편들이 모두 마중을 나와 무거운 나물 보를 받아 주는 것을 보자 엄마는 화가 날 수밖에 없었습니다. 엄마는 무거운 나물 보를 이고 지친 걸음으로 집에 들어섰습니다. 아버지는 술에 취해 코를 골고 그 옆에는 물을 잔뜩 먹고 배가 올챙이처럼 볼록해진 제가 잠들어 있었습니다. 엄마는 복장이 터질 지경이었습니다. 나물 보 마중은커녕 애가 저 모양이 되도록 술에 취한 아버지가 얼마나 야속했을까요. 아버지의 주취망각증은 엄마를 눈물짓게 하는 주된 요인이었습니다.

또 있습니다. 이번에도 제가 일을 저질렀습니다. 엄마가 곁을 비운 사이에 칼을 잘못 다룬 저는 또다시 엄마를 눈물짓게 했습니다. 다섯 살 무렵, 손가락이 잘려 기절한 저는 엄마 등에 업혀 40리나 되는 보건소에 갔습니다. 마취도 없이 의사도 아닌 사람이 봉합수술을 했습니다. 오른손 집게손가락 끝마디가 굽혀지지도 않고 비뚤어진 손가락을 볼 때마다 엄마 눈물이 이어졌습니다. 하지만 죽는 사람에 비하면 제 상처는 아무것도 아니었습니다. 저는 운이 좋았습니다.

가족은 외모든 체질이든 닮는 게 당연하지요. 할아버지, 아버지, 형은 모두 6척 장신에 가까울 정도로 기골이 장대한데 저는 작고 허약했습니다. 저는 외탁했습니다. 제 체구가 작다 보니 엄마는 늘 눈물이 마를 새가 없었습니다. 제가 이렇다 할 질병 없이 잘 컸다고는 하지만 엄마는 늘 노심초사했습니다. 엄마는 그런 저를 할아버지가 머슴 다루듯 하는 것을 안타깝게 바라보기만 할 뿐 어찌할 수 없었습니다. 당연히 엄마 눈에 눈물이 고일 수밖에 없었습니다.

저는 어릴 때부터 엄마가 희생의 산증인이라는 것을 알았습니다. 고모나 숙부에게서 그 내력을 자주 들었습니다. 그럴 때마다 저는 돈을 많이 벌어 엄마를 호강시켜 드리겠다고 호언장담했습니다. 하지만 마음대로 안 되는 게 세상일입니다. 되돌아보니 호강이나 효도는커녕 오히려 속 썩인 일만 떠오릅니다. 엄마, 죄송해요!

아찔한 사냥

    우리 집 바로 아래에 사는 아저씨, 아주머니는 마음씨 좋은 분들이었습니다. 아주머니는 주로 서울에 돈 벌러 가고 집에는 아저씨와 두 살 터울의 삼 형제가 살았습니다. 삼 형제들은 모두 저보다 위였지만 저를 동생처럼 아껴 주었습니다. 엄마는 가끔 아저씨와 아들들을 집으로 불러 식사하곤 했습니다. 특히 아저씨는 집을 확장하거나 구들을 고치는 일을 잘했습니다. 말씀이 별로 없고 묵묵히 일만 하는 그런 분이었습니다.

    형 중에 나보다 여섯 살이나 위인 맏아들도 저를 친동생처럼 잘 대해 주었습니다. 가을비가 추적추적 내리는 어느 날이었습니다. 형과 저는 우리 집 한 귀퉁이 처마 밑에서 이런저런 얘기를 하고 있었는데 형은 심심했던 것 같습니다. 저를 괴롭히는 것이었습니다. 만류하기도 하고 하소연하기도 했지만, 심술은 계속되었습니다. 그냥 있기가 힘들어지자 저는 비겁한 짓을 저질렀습니다. 형의 불알을 콱 움켜쥐었습니다. 형은 "악!" 소리를 지르며 제게 살려 달라고 했습니다. 그 덩치에 한 방 내리치면 저는 그대로 고꾸라졌겠지만, 형은 그러지 않았습니다. 저는 한참이 지나서야 불알을 쥐고 있던 손을 내려놓았는데 형은 그 질척한 땅바닥에 털썩 주저앉아 버렸습니다. 덜컥 겁에 질린 저는 형 어깨를 흔들며 울먹였습니다. 착하지만 능청스러운 형은 아무런 말 없이 제가 흔드는 대로 흔들렸습니다. 한참을 안절부절못하는 중에 형은 벌떡 일어나 저를 뒤에서 꼭 껴안다시피 가둬 놓고 제 불알을 움켜쥐었습니다. 저 역시 "악!" 소리와 함께 자지러졌습니다. 눈물이 찔끔 나오며 발버둥 쳤지만, 형 손아귀에서 빠져나올 수가 없었습니다. 화가 풀린 형이 저를 놔주고 나서야 눈물을 훔쳐 낼 수 있었습니다.

며칠 후 저는 형의 토끼 사냥에 따라나섰습니다. 태기산성 동문 밖 근처였는데 참나무가 우거진 숲이었습니다. 형은 토끼가 다니는 길을 살펴서 좁은 길에는 올무를 놓고 넓은 길에는 덫을 놓았습니다. 덫은 두 가지가 있는데 하나는 직사각형 모양으로 땅을 파고 위를 나뭇가지와 풀로 살짝 덮어 놓습니다. 또 하나는 아름드리나무를 잘라 칡넝쿨로 묶은 후 나뭇가지에 걸어 올려 공중에 띄워 놓는 형태입니다. 토끼가 지나는 길에 칡넝쿨로 길을 막아 놓으면 "으흠, 어떤 놈이 내 앞을 막고 있단 말이냐?" 하며 그 칡을 갉아 먹는답니다. 그러면 칡이 끊어지게 되고 무거운 통나무가 떨어지며 토끼가 압사하는 구조입니다.

토끼를 잡는 방법이 또 있지요. 사람이 많았을 때입니다. 한쪽에 토끼그물을 설치해 놓고 여럿이 고함을 지르며 토끼를 언덕 아래로 몰아가는 겁니다. 토끼는 뒷다리가 길어서 내리 몰면 효과적인데 이것은 사람이 많아야 하는 단점이 있습니다. 그런데 노련한 사냥꾼들은 한두 명으로도 토끼 사냥을 잘합니다.

농산물을 훔치는 동물은 토끼 말고도 여럿 있습니다. 그중에 오소리 피해도 막심합니다. 곰 사촌이라 불리는 오소리는 산골 마을의 골칫거리였습니다. 요즈음의 멧돼지만큼이나 많았던 것 같습니다. 강원도 산골은 감자, 옥수수, 콩 등이 주식인데 오소리가 한번 지나가면 그해 농사는 끝났다고 봐야 합니다. 마을에서는 밤에 불을 밝히며 오소리 퇴치에 열을 올리지만, 효과는 미미했습니다. 오히려 그보다는 오소리가 다니는 길목에 올무를 설치하는 게 더 나았습니다.

예전과 마찬가지로 저는 아랫집 형의 오소리 사냥에 따라나섰습니다. 이번에는 동업자였습니다. 형은 산 능선 길목에 덫이나 올무를 설치해서 토끼를 잘 잡는다고 소문이

자자했습니다. 오소리는 토끼와 달리 힘이 세다 보니 잡는 방식도 달랐습니다. 굵은 나뭇가지를 휘어 고정하고 그 끝에 올무를 걸어 놓습니다. 오소리가 지나가다 건드리면 목이 걸림과 동시에 몸뚱이가 공중에 매달리게 하는 구조입니다. 저는 올무를 설치한 주변에서 낫으로 길을 정리하다가 실수로 올무를 건드렸습니다. 그러자 붕 소리를 들으며 저는 저 멀리 나자빠졌습니다. 휘어서 올무를 걸어 놓았던 나뭇가지의 뾰족한 끝이 비스듬히 튕겨 오르며 제 입안을 찢어 놓고 눈두덩을 긁고 지나갔습니다. 저는 입이 비뚤어지고 애꾸눈이 될 뻔했습니다. 형은 거의 기절하다시피 쓰러진 저를 일으켜 세웠지만 저는 정신을 차리지 못했습니다. 입과 눈썹 위쪽에서 피가 줄줄 흘렀습니다. 저는 한참이 지나서야 입안에 피가 고이며 눈 위에서도 피가 나는 걸 알았습니다.

어느 날, 밤새도록 오소리 울음소리가 들렸습니다. 새벽이 되어 그 형은 도끼를 들고 앞산으로 뛰어갔습니다. 저도 쫓아갔지만, 앞산을 절반쯤 올랐을 때 오소리는 달아나고 있었습니다. 도끼로 오소리를 친다는 게 그만 올무를 내리쳐 끊어지며 살려 주고 말았습니다. 그 후 오소리가 몇 마리 더 잡혔는데 저는 고기 한 점 얻지 못했습니다. 오소리 고기

를 먹여 준다는 말에 현혹되어 올무 재료인 귀한 와이어를
빼돌렸는데…….

그 후 입안과 눈썹 위 상처가 낫지도 않았는데 사진을 찍
었습니다. 저는 사진 찍기 싫다며 뒤로 물러서려 했지만 실
패했습니다. 형, 누나와 함께 삼 남매가 찍은 사진에는 입안
의 상처는 감출 수 있었지만, 눈 위의 상처는 그대로 보였습
니다. 아찔했던 순간이 떠오릅니다. 등골이 서늘한 느낌이
되살아나는 듯합니다.

가재, 개구리, 메뚜기, 뱀

시골에서는 학교에 가기 전부터 온갖 것을 동네 형들에게 배웁니다. 오징어 게임 같은 놀이에서부터 꼴 베기, 나무하기, 약초 캐기, 낚시질, 사냥 등 무척 많습니다. 아마 가장 흔했던 게 가재 잡기였을 것입니다. 가재 잡기는 집게발만 제압하면 간단합니다. 특히 개구리를 잡아 짓이긴 다음 끈으로 묶어 물에 담그면 가재가 무더기로 모여듭니다. 그냥 들어 올리기만 하면 됩니다. 가재는 물 밖으로 나와서도 집게발로 움켜쥔 개구리를 놓지 않고 매달려 있습니다.

초등학교 1학년 때부터 저는 주머니에 늘 성냥갑을 넣고 다녔습니다. 담배를 피우는 데 필요한 것은 아니었습니다. 물론 횟배를 앓는 아이는 어릴 때부터 담배를 피웠지만 제게 성냥이 쓰이는 곳은 따로 있었습니다.

가재, 개구리, 메뚜기를 잡아 놓고 불을 피웁니다. 나무가 다 타고 나면 벌건 잉걸불에 가재는 등껍질과 꼬리지느러미를 떼어 낸 후 내장을 제거하고 올려놓습니다. 개구리는 엉먹지라고 불렀는데 잡기가 힘듭니다. 점프력이 대단합니다. 잡으려고 덮치면 점프하며 달아날 때 오줌까지 갈 깁니다. 얼굴에 개구리 오줌을 한 방 맞고 나면 잡고 싶은 마음이 확 달아납니다. 하여튼 개구리는 잡아서 돌멩이 위에 놓고 돌로 내리쳐 다리를 떼어 내 굽고 메뚜기는 날개를 떼고 굽습니다.

가재가 벌겋게 변하면 다 익었다는 신호입니다. 개구리 다리는 노릇노릇하게 됩니다. 메뚜기는 불이 세면 금방 타기 때문에 불이 약해졌을 때 올려야 시커멓게 태우지 않습니다. 가재는 바삭한 식감과 갑각류 특유의 속살이 맛있습니다. 개구리 다리는 쫄깃한 맛이 닭고기살 같습니다. 메뚜기는 고소한 맛이 있지만, 너무 작아 먹을 게 별로 없어요. 그런데도 친구들은 구운 먹거리를 서로 좋은 것 또는 맛있는 것만 먹겠다고 다투지 않았습니다. 서로 알아서 나누어 먹을 줄 알았습니다.

어느 해부터인가 시골구석에 도시의 어른들이 자가용을 타고 나타나기 시작했습니다. 그들이 원하는 것은 개구리와 뱀이었습니다. 특히 뱀은 값을 잘 쳐 주었습니다. 그러니 동네 아이들은 학교에서 돌아오기만 하면 너도 나도 뱀을 잡겠다고 풀숲을 헤매고 다녔습니다. 어른들은 물리면 큰일 난다고 말렸지만, 아이들은 아랑곳하지 않았습니다.

저도 그랬습니다. 개구리는 경칩 전까지 겨울 한때뿐이어서 돈을 거머쥘 수 있는 기간이 짧았습니다. 반면에 뱀은 봄부터 가을까지 늘 잡을 수 있었습니다.

어느 해 가을에 뱀을 잡으러 돌아다니다 둘둘 말린 뱀 덩어리를 만났습니다. 마침 뭉쳤던 뱀들이 풀어지는 순간이라 마음이 급해졌지요. 제가 집게로 한 마리씩 잡아서 자루에 담는데 땅꾼 아저씨들이 나타났습니다. 그들은 뱀을 집게로 잡는 게 아니라 맨손으로 뱀을 자루에 주워 담고 있었습니다. 한참 지나자, 땅꾼 아저씨들이 모였습니다. 한 아저씨가 뱀에게 물려 응급처치하는 중이었습니다. 그 아저씨는 우리 집에 와서 상비약으로 소독하고 떠났는데 물린 손가락부터 팔뚝까지 퉁퉁 부어 있었습니다. 훗날 그 아저씨가 몇 달 되지 않아 죽었다는 소식을 들었습니다. 그러자 아버지는 뱀을 잡지 못하게 했습니다. 게다가 제가 잡아서 큰 항아리에 보관 중이던 뱀을 팔 겨를 없이 아버지가 고아드셨습니다. 뱀 값은 나중에 준다고 했는데 여태껏 소식이 없습니다. 저 자신도 무서움이 생겨나고는 더 이상 뱀 잡을 생각을 하지 못했습니다.

상황이 그렇다 보니 남은 것은 개구리뿐이었습니다. 개울 돌을 들추면 동면하는 개구리가 꾸물꾸물 움직이는데 쉽게 잡힙니다. 도시에서 개구리를 사러 오는 자가용은 점점 늘었지만, 개구리를 너도 나도 잡아 대니 씨가 마를 형편이었습니다. 급기야 하루 내내 잡아도 몇십 마리뿐이었습니다. 결국 어느 날부터인가 자가용이 오지 않았습니다. 다른 마을로 간 것입니다. 이로써 제가 손에 돈을 쥐어 볼 기회는 완전히 사라져 버렸습니다.

시골 아이들은 꼴을 베거나 나무를 하다가 허기진 배를 채우려고 가재, 개구리, 메뚜기 사냥을 했습니다. 요즈음 시각으로는 야만스럽고 자연보호에 어긋나 보이지만 그것은 현재의 의미일 뿐입니다. 모든 것은 상대적이지요. 문화상대주의라는 말이 왜 있겠습니까. 그 당시에는 문명과 야만의 개념도 없었습니다. 자연보호 또한 마찬가지였습니다.

지금은 부잣집 아이나 가난한 집 아이 모두 주머니에 돈이 있습니다. 도시 아이나 시골 아이나 비슷한 문화 혜택을 누립니다. 게다가 시골에서조차 꼴을 베거나 나무하는 일이 사라지고 있습니다. 제가 해 왔던 일이 그야말로 전설의 고향처럼 되어 갑니다. 지난날을 아쉬워하고 슬퍼할 겨를이 없습니다.

책보와 복식수업

초등학교에 입학하며 저는 책보를 어깨에 메고 다녔습니다. 누나는 허리에 맸습니다. 어른들이 시켰는지는 모르지만, 남자아이들은 어깨에, 여자아이들은 허리에 매는 것을 당연하게 여겼습니다. 남녀를 구분 짓는 한 모습으로 생각했습니다. 요즈음 같으면 초등학교 입학을 앞두고 어깨에 메는 가방을 선물로 받았을 테지만 저는 나일론 보자기를 선물로 받았습니다.

학교 가기 전날 밤에 책보를 싸 놓아야 아침에 여유롭게 등굣길을 나서게 됩니다. 가방이야 그냥 아무렇게나 주워 담아도 되지만 책보는 그렇지 않습니다. 나일론 보자기를 펼쳐 놓고 책과 공책을 보자기 귀퉁이 가까이 올려놓습니다. 보자기 한 귀퉁이를 두 책 사이에 끼우고 책을 몇 바퀴 굴립니다. 그러면 보자기 한 귀퉁이가 책 위로 올라오는데 그 끝을 옷핀으로 고정해야 합니다. 책 좌우 귀퉁이 공간에는 연필, 칼, 지우개를 넣습니다.

다음 날 아침을 먹고 책보의 길게 늘어진 보자기 양 끝을 손에 쥡니다. 허리를 구부려 책보다 큰 공책이 등에 닿게 합니다. 보자기 한끝은 오른쪽 어깨 위로 하고 다른 한끝은 왼쪽 겨드랑이에 넣어 앞가슴에서 단단히 두 번 묶습니다. 그렇지 않으면 미끄러운 나일론 보자기가 풀어져 낭패를 겪게 됩니다. 교실에 들어서면 책보를 풀어 책과 보자기를 책상 안에 넣고 필기도구는 한쪽에 정리해 놓습니다.

4학년 때부터는 가방을 메고 다녀서 날아갈 듯한 기분을 맛보았습니다. 집에서 책보를 쌀 일이 없어졌지요. 마찬가지로 학교에서 수업을 마치고 다시 책보를 싸는 일도 사라졌습니다. 또 싸울 때 서로 책보를 잡아당겨 책, 공책, 필기도구가 땅바닥에 뒹구는 일도 사라졌습니다. 가방은 꼴 베기를 잘했다고 받은 선물이었습니다.

남학생들은 가끔 싸우기도 하는데 주먹다짐도 있지만 주로 레슬링 형태로 싸웠습니다. 시비가 일어나면 하굣길에 한적한 장소에서 한판 합니다. 책보를 풀어 놓고 시작하면 좋으련만 감정이 격앙되어 있을 때는 상대 어깨에 걸린 책보 한쪽을 잡아당겨 버립니다. 그러면 책, 공책, 연필, 지우개, 칼 등이 와르르 쏟아져 내립니다. 이와 동시에 바로 엉겨 붙는데 상대를 쓰러트리고 배에 올라앉으면 이긴 것입니다.

5학년 때 한 녀석과 싸움이 붙었는데 제가 이기지 못했습니다. 맨땅에서 뒹굴며 옷이 흙투성이가 되었는데 마침 그 꼴을 형이 보고 말았습니다. 형은 둘을 떼어 놓고 그 녀석을 집으로 돌려보냈습니다. 저는 열 살이나 위인 형한테 혼날까 전전긍긍하고 있었는데 의외로 용기를 얻었습니다. "싸울 때 팔로 목을 감아 조이면 항복한다."는 말을 듣고 바로 써먹었습니다. 제 팔에 목이 감긴 녀석은 몇 초 버티지 못하고 바로 항복했습니다. 요즘 격투기 용어로는 리어 네이키드 초크(rear naked choke)입니다. 그 후 저는 서너 번 연달아 이겼지만, 그걸로 끝이었습니다. 그 녀석은 친구들과 연습까지 하고 나서 제게 도전했습니다. 유명한 운동선수들이 끊임없이 기술을 연마하고 또 새로운 기술을 찾는 노력을 계속하는 이유를 알 만합니다.

산골 학교에는 선생님이 세 분 있었는데 모두 두 학년의 담임 선생님이었습니다. 개교 초기에 학생 수는 학년별로 20여 명 되었지만 10년 후에는 7~8명 정도로 줄었습니다. 선생님은 한 과목 40분 수업을 두 학년 각각 20분씩 나누었습니다. 한 교실 두 개 분단에 각각 다른 학년이 앉아 있기 때문이었습니다.

선생님은 한 학년 수업을 시작하기 전에 다른 학년에는

수업자료를 안내하고 자습시켰습니다. 이런 형태를 복식학급 또는 복식수업이라 하는데 학생 부족으로 2개 이상의 학년을 한 교실 또는 한 교사에 의해 운영합니다. 주로 도서·벽지 학교에 이런 형태가 많은데 시골 학교에서 매년 증가하고 있답니다. 시골 인구가 줄어드니 어쩔 수 없는 상황입니다.

복식수업은 단점이 많지만 의외의 장점도 있습니다. 하급 학년이 수업할 때 상급 학년은 하급 학년 복습을 할 수 있고, 상급 학년이 수업할 때는 하급 학년이 예습할 수 있습니다. 다만 절대 수업 시간이 절반으로 줄어드는 문제를 해결할 방법이 없습니다. 그래서 저는 초등학교 6년 내내 교과서를 다 배운 적이 한 번도 없었습니다. 그것도 중학교에 가서 뒤늦게 알았는데 학습 결손이 엄청났습니다.

산골 학교에 세 분밖에 없는 선생님이 어쩌다 아프기라도 하면 그때부터는 계속 자습만 했습니다. 다른 도리가 없었습니다. 궁여지책으로 실과 과목 핑계를 대며 교내에서 작업을 하거나 산나물을 뜯으러 간 적도 있었습니다.

최근에 앨범 사진을 정리하다 그때 친구들과 산나물을 뜯으며 찍은 사진을 한참이나 바라봤습니다. 단발머리에 단정한 여학생이 앞에 앉아 있고, 그 뒤로 박박 깎은 머리에

꾀죄죄한 얼굴의 남학생들이 서서 앞을 바라보고 있습니다. 모두 입을 꾹 다물고 굳은 표정이지만 순박한 얼굴에는 동심이 살아 있는 것 같습니다. 그 사진에 있는 10여 명 중에서 소식을 주고받는 친구는 오직 두 명뿐입니다. 그것마저 코로나 탓에 뜸해져 모두 그립습니다.

건빵 도둑

초등학교 4학년 때였습니다. 토요일 오후에 형들과 학교 운동장에서 축구를 했습니다. 토요일은 우유와 건빵이 없는 날인데 배가 고팠던 우리는 건빵을 훔치는 데 의기투합했습니다. 하급생들은 형들이 주도하는 대로 따랐습니다. 교실 건물 주위를 돌며 모든 창문을 흔들며 밀었습니다. 어느 한 창문이 덜 잠겨 있었습니다. 저와 몇몇은 등을 구부리고 다른 형이 등을 밟고 창문을 넘어가도록 했습니다.

교실 복도에서 건빵 창고로 간 형은 낡아 허술한 문의 틈새를 못으로 열고 건빵 자루를 가져왔습니다. 그 형은 건빵을 한 줌씩 집어서 밖에 있는 우리에게 나누어 주었습니다. 얼마 후 그 형이 다시 건빵 자루를 창고에 넣고 교실 밖으로 나왔습니다.

화장실 건물 뒤편 으슥한 곳으로 이동한 우리는 모여 앉아 자기 주머니에 넣었던 건빵을 바삐 먹었습니다. 다 먹고 입을 닦던 우리는 걱정하기 시작했습니다. 모두의 얼굴에 불안과 초조가 가득했습니다. 그렇다고 그 누구도 해결 방

안을 내놓지 못했습니다. 서로 "너 말 마라!"는 말밖에 없었습니다.

다음 월요일에 등교하자마자, 토요일 오후에 축구를 한 녀석들이 모두 교무실 한쪽에서 고개를 떨구고 있었습니다. 우리는 선생님이 집에 알릴까 봐, 가정방문을 할까 봐 전전긍긍했습니다. 선생님은 5·6학년 형들만 손가락 굵기의 회초리로 손바닥을 몇 대씩 때리고는 말씀하셨습니다. "바늘 도둑이 소도둑 된다!"

그로부터 10년쯤 지나서였습니다. 대학 교과과정에 교련 과목이 있을 때입니다. 매주 토요일은 교련 수업이 있었습니다. 남학생 필수과목이다 보니 피할 수 없기도 했지만, 군 입대 시 혜택이 상당했습니다. 그러니 방학 중 군부대에 입소해서 집체훈련을 받는 것 또한 당연시했습니다. 그런데 5월부터 시작된 휴교령이 9월에 해제되고 9월 말에서야 1학기 기말고사를 봤습니다. 그에 따라 여름 방학을 이용한 병영 집체교육은 겨울 방학으로 연기되었습니다.

12월에 2학기 기말고사가 끝나며 인근 군부대로 입소했습니다. 대학생들은 군부대에 발을 들인 그 순간부터 1년 내내 이어진 학원 소요의 책임을 뒤집어썼습니다. 원래 군대가 그렇지요. 몸으로 때우는 것이지요. 열흘이라는 기간이 길게 느껴졌습니다. 훈련보다 벌을 받는 게 더 많았습니다.

사흘째 되는 날 저는 소대장에게 하소연했습니다. 찢어진 훈련화를 내보이며 교체를 요청하자 아침 식사 후 어느 곳으로 가서 교환하라고 안내받았습니다. 어느 창고에 들어서니 높이가 제 키만큼 되는 자루에 중고 훈련화가 가득 담겨 있었습니다. 적당한 것을 골라 신고 문을 나서는데 기간병이 저를 불러 세웠습니다. 아마 제가 불쌍해 보였던 모양입니다. 신발 자루 옆에 있는 큰 자루에 건빵이 가득 담겨 있었는데 필요한 만큼 가져가랍니다. 저는 건빵을 재바르게 군복 주머니마다 무려 25봉지를 집어넣고 나왔습니다. 기간병은 혹시 소대장에게 발각되면 "훔쳤다!"고 하라는 말도 덧붙였습니다.

막사로 돌아온 저는 주위의 친구들에게 건빵을 나눠 주었습니다. 허기에 시달리다 간식을 받으니, 인기가 대단했습니다. 저 역시 즉시 먹어 치우라는 말과 함께 발각되면 도둑놈이 되라고 신신당부했습니다.

전날 우유와 빵을 놓고 파티가 있었습니다. 파티가 끝날 때 소대장은 남은 음식물이 하나도 없도록 하라고 했습니다. 다음 날, 저녁 점호 중에 소대장은 어제 지시 사항을 언급하며 혹시 개인 물품 중에 남은 음식물이 있는가를 물었습니다. 모두가 없다고 하니 무작위로 개인 가방을 열어 통째로 쏟아 보며 확인하기 시작했습니다. 저는 환장할 지경이었습니다. 제 가방에는 훔친(?) 건빵이 세 봉지나 남아 있었습니다.

40여 명의 소대원 중 몇몇 가방에서 개인 물품이 쏟아질 때마다 저는 등줄기에서 식은땀이 흘러내렸습니다. 그렇다고 지금 먹다 남은 빵도 아닌 훔친 건빵을 내놓을 수도 없는 노릇이었습니다. 기간병이 주는 걸 받은 물건인데 도둑이 된다는 게 억울하다는 생각이었습니다. 그런데 저는 운이 좋았습니다. 점호가 끝나자마자 저는 건빵 봉지를 찢었습니다. 먹을 사람은 와서 먹으라고 하자 순식간에 건빵이 사라졌습니다. 그제야 안도의 한숨이 길게 터져 나왔습니다. 도둑질은 아무나 하는 게 아니었습니다. 또 지시 사항 위반을 감내할 배짱이 없었던 저는 오그라든 가슴을 주체하기 힘들었습니다. 간이 콩알만 해지는 짓을 다시 할 수 있겠습니까.

저는 초등학교 입학하고 한 달도 안 되어 감자 도둑으로 몰려 선생님에게 따귀를 여러 차례 맞고 쓰러져 일어서지도 못했습니다. 감자밭에 들어가지도 않았고 감자를 만져 보지도 않았는데 감자밭 귀퉁이에서 도둑과 함께 있었다는 이유만으로 고발당했습니다. 그로 인해 벼랑에서 떨어져 죽을 결심까지 했습니다. 그런 제가 진짜 건빵 도둑이 되었습니다. 만일 할아버지가 아셨더라면 정말 죽어야만 했을지도 모릅니다. 다행히 선생님이 훈계로 끝내 주신 덕에 살아남았습니다. 선생님, 고맙습니다!

병영 집체교육 중 훔치지는 않았지만, 훔친 건빵이 소대장에게 발각되었으면 저는 심하게 매를 맞았을 것입니다. 한순간의 허기를 참지 못하고 도둑질에 참여한 것은 변명의 여지가 없습니다. 가난 때문에 가족을 먹일 빵을 훔친 장발장은 연민을 느끼게 하지만 저는 그렇지도 않습니다. 어쩔 수 없이 그랬다는 말도 궁색합니다. 도둑은 도둑일 뿐입니다.

입학과 입대

누나가 초등학교를 졸업할 무렵 아버지는 제게 "네 누나는 1년 쉬었다가 네가 초등학교를 졸업하면 함께 중학교에 다니도록 하는 게 좋겠다."고 말씀하셨습니다. 제 하숙비로 누나와 함께 자취하면 충분하다는 것입니다. 저는 그저 그러려니 할 뿐이었습니다. 그래서 누나는 열댓 마리나 되는 소를 돌보며 중학교 가기를 기다렸습니다.

해가 바뀌어 제가 중학교 입학 원서를 쓸 무렵 누나는 고개를 갸웃거리게 되었습니다. 아버지가 누나에게 중학교 입학 원서를 쓰라는 말씀을 꺼내지 않았습니다. 결국 저 혼자만 중학교 입학 원서를 쓰고 집 떠날 준비를 서둘렀습니다. 희한한 일이었습니다. 그런데 누나도 아무런 말이 없었습니다.

게다가 그해 말에 형이 군대에 가게 되었습니다. 입대 날짜는 12월 22일로 기억됩니다. 제가 중학교 입학 반편성고사를 치르는 날은 그 전날이었습니다. 그래서 형과 저는 함께 집을 나섰습니다.

엄마는 앓아누웠고, 아버지가 형과 저를 배웅하러 태기 산성 동문 입구까지 따라오셨습니다. 아무런 말씀이 없는 아버지는 담배를 피워 물며 얼른 가라고 눈짓하시기에 두 형제는 온통 흰 눈으로 뒤덮인 성안 내리막 오솔길로 나아갔습니다. 두 형제는 발이 푹푹 빠지다 보니 뒤를 돌아보지도 않고 아무 말도 없이 아버지 눈길에서 멀어졌습니다.

그때는 군대가 거의 죽음의 문턱처럼 느껴지던 시절이었습니다. 예나 지금이나 어둠의 자식들만이 현역 입대하는 모습은 거의 비슷한 것 같습니다. 그러고 보니 조선시대 입대 풍경이 어른거립니다. 임진왜란 당시 영의정 류성룡은 양반 자제를 전쟁에 투입하려다 실각하였습니다. 항일 시대에 친일 끄나풀이 아니고서는 일제 말기 징집을 피할 수가 없었습니다. 그 후 대한민국도 마찬가지였습니다. 6.25를 전후하여 3년 군대를 무려 6~7년이나 복무한 이웃 아저씨를 봤습니다.

그보다 더 열받는 일이 있습니다. 징집을 피한 장군의 아들들은 전쟁 중 일본으로 밀항하거나 미국으로 유학해서 전쟁이 끝나고 돌아와 장·차관 등 고위 관리가 되었습니다. 전쟁 중에는 그런 일들을 받아들이며 그러려니 했을지라도 평화 시에는 왜 그 모양이었을까요. 조선 시대나 항일 시대

213

나 대한민국에서나 우리는 노블레스-오블리주라는 말을 사전에서나 볼 수밖에 없습니다. 지금이라고 다를까요? 뭐 멀리 볼 것도 없습니다. 대통령이라는 작자들도 그랬으니 말입니다.

형과 저는 고모님 댁으로 갔습니다. 큰고모 댁에서 하룻밤을 자고 그다음 날 작은고모 댁에 인사드리고 둔내시장을 향해 걸었습니다. 마침 화동 초등학교에서 출발하는 둔내중학교 진학생들을 만나 동행하였습니다. 형은 둔내에서 원주행 버스를 타고 떠났고 저는 중학교 교정으로 들어섰습니다. 반편성고사를 마치고 다시 화동 초등학교 친구들과 두 시간을 걸어 송방거리까지 왔습니다. 그곳에서부터 홀로 걷기가 시작되었습니다.

고야골 들판을 지나 흐르목재에 이르고 보니 어제 형과 함께 걸었던 흔적이 그대로 있었습니다. 하긴 그 깊은 산골길을 누가 다녀갈 리가 없었습니다. 저녁이 다가오며 서늘해지는 날씨를 느끼고는 발걸음을 서둘렀습니다. 흐르목재 바닥 근처에는 폐가가 하나 있었는데 어두컴컴한 날씨 탓에 무척 음산했습니다. 뒷골이 켕기는 느낌을 억누르며 숯가마골 개울을 건너 지르메재로 내달렸습니다. 그곳은 양지바른 곳이라 좀 환한 느낌이 들며 안심했습니다. 쉼 없이

서둘러 지르메재 정상에 오르니 아까 지나온 흐르목재보다
더 어두운 것 같았습니다. 겨울이지만 땀이 줄줄 흐르는 걸
알면서도 걸음을 멈출 수가 없었습니다. 거의 뛰다시피 바
닥까지 내달려 김 씨, 정 씨 댁을 지나 물아구리까지 다다랐
습니다. 그제야 좀 안심이 되어 너래 반석에 엎드려 물을 한
참 들이켰습니다. 그러고는 얼음 언 개울 물 귀퉁이에서 가
느다란 고드름을 몇 개 따서 오독오독 깨물어 먹으며 말등
어리 고개를 향해 나아갔습니다. 길이 어두워지기 시작했
지만 겁내지 않았습니다. 2년 전 밤에도 혼자 올랐던 기억
을 떠올리며 용기를 냈습니다.

마지막 고개를 넘어 성안에 들어서니 태성이네 집 굴뚝
에서 연기가 푹푹 솟아오르는 게 보였습니다. 겨울이면 더
욱 음산하게 부석거리는 갈대숲을 지나 산성 동문 입구에
오르니 아버지가 피웠음직한 담배꽁초들이 여러 개 눈 속
에 박혀 있었습니다. 아버지는 두 아들이 보이지 않는데도
바로 귀가하지 않고 눈밭에 쭈그리고 앉아 오랫동안 담배
를 피운 것입니다.

동문 밖 몇 기의 묘지를 지나쳐 마지막 모퉁이를 돌아서
니 마루가 웡웡 짖어 대며 뛰어나왔습니다. 그와 동시에 앞
발을 들고 일어서며 내 얼굴을 썩썩 훑어 댔습니다. 안방 문

을 열고 들어서니 엄마가 이마에 동여맨 수건을 추스르며 저를 맞이했습니다. 날이 어두워졌는데 집에 들어서는 키 작은 아들을 안쓰럽게 바라보던 엄마는 금세 눈물이 줄줄 흘러내렸습니다.

형이 떠난 허탈함에 더해 곧 중학교로 떠나게 될 저 때문에 엄마는 며칠이 지나서도 앓아누운 자리에서 일어나지 못했습니다. 엄마는 또래보다 왜소한 체구의 아들이 낯선 데서 살아갈 걱정이 태산 같았습니다. 그와 동시에 엄마는 입대한 큰아들이 무탈하게 집에 돌아올 수 있으려나 하는 걱정으로 견딜 수가 없었습니다. 그래서 엄마는 어떻게든 형을 군대에 보내지 않으려 애써 보기도 했습니다만 모두 헛일이었습니다.

그로부터 몇 개월 후, 형이 신병훈련을 끝내며 찍은 사진을 바라보던 엄마는 연거푸 눈물을 쏟아 냈습니다. 사진에는 형뿐만 아니라 귀한 아들들의 얼굴이 모두 굶주린 모습이었습니다.

저는 다행히도 건달 사촌 형이 저 몰래 손쓴 덕에 중학교 내내 별 탈이 없었습니다. 그 형은 제가 중학교 입학하기 전에 이미 선후배 건달들에게 저를 건드리지 말라고 윽박질러 놓았습니다.

훗날, 두 아들을 군대에 보냈던 엄마가 살 떨리는 일이 있었습니다. 대선에 연달아 도전한 후보를 향해 엄마가 한 마디 했습니다. "그놈의 인간, 하나면 몰라도 두 아들 모두 군대에 보내지 않고 대통령이 되겠다는 게 가당키나 한 일 이여?"

낯선 곳에서 처음 만나는 사람이 한 사람의 일생을 좌우한다는 말이 있습니다. 그 사람이 제게 이로운지 해로운지 알 수 없는 상황을 이야기하는 것이지요. 엄마는 이로운 사람을 기대하기보다는 해로운 사람을 만나지 않기를 기도했습니다. 늘 형이나 제 걱정으로 좌불안석이었을 엄마 마음을 그때는 전혀 알지 못했습니다. 철부지였습니다.

짝

저는 사회생활의 시작과 끝이 오로지 학교뿐이었습니다. 여태껏 학교라는 곳을 벗어나 보지 못한 우물 안 개구리였습니다. 초등학교에서 만난 최초의 짝은 바로 옆집 여자애였습니다. 옆에 앉는 그 애와 저는 등하교 때 함께 다녔습니다. 2학년이 될 무렵 그 애가 전학 가며 사라졌습니다. 허전하기 그지없었지만 금세 잊어버렸고 지금은 이름밖에 모릅니다.

초등학교 4학년 때 짝은 말 못 하는 농아였습니다. 농아에 대한 지식이 전혀 없었던 저는 그 여자애에게 아무것도 해 줄 게 없었습니다. 그저 데면데면하게 지냈습니다. 어느 날 제 공책이 책상의 절반을 넘어 그 애의 책을 뒤덮자, 그 애는 제게 연필 깎는 칼을 치켜들었습니다. 저는 아연했습니다. 누군가가 2인 1조의 책상을 연필로 금을 긋다 못해 아예 칼로 파 놓았는데 야생 동물들이 영역 싸움을 벌이듯 서로의 영역을 표시해 놓은 것이었습니다. 그러잖아도 소심하고 내성적이었던 저는 그대로 주눅이 들었습니다. 저보다 나이도 많고 체격도 큰 여자애에게 그대로 굴복했습니다. 문제는 동급생 그 누구도 그 애를 도울 방법이 없었습니다. 옆에 앉는 짝으로서 견디기 힘들었습니다. 선생님조차 마찬가지였습니다. 그러다 그 애도 전학 가며 저는 시름이 사라졌습니다.

5학년이 되자 저는 잔머리를 굴렸습니다. 남학생이 여학생보다 한 명 부족하다는 걸 눈치챈 저는 저보다 조금 큰 애를 앞에 세우고 발뒤꿈치를 들었습니다. 자기가 더 크다고 반발하는 녀석에게 저는 학교에서 점심시간에 나누어 주는 건빵을 주겠다며 회유했습니다. 투덜대는 녀석에게 눈을 끔뻑거리며 달래고는 혼자 앉게 되었습니다. 가끔 짝이 생각나기도 했지만 혼자 있을 때가 더 좋았습니다. 솔로 천국 커플 지옥이란 말도 있잖아요.

중학교 때는 두 번의 만남이 기억에 남습니다. 중학교에 입학하며 저는 집을 떠나 하숙했습니다. 낯선 곳에서 저는 하숙집에서 주는 밥 이외의 모든 것을 스스로 해결해야 했습니다. 그중에서도 초등학교 친구가 한 명도 없다는 사실은 서글펐습니다. 이때 우연히 아주 우연하게도 한 반이었지만 저보다 훨씬 큰 친구가 말을 걸어 왔습니다. 이 친구가 평생의 짝이 되리라고는 전혀 상상하지 못했습니다. 친구의 집이 제 하숙집과 가까워 저는 그와 함께 있는 동안은 엄마가 생각나지 않을 정도로 편안했습니다. 2년간 같은 반을 하며 저는 심란할 때마다 그에게 기댈 수 있었습니다. 중학교를 졸업하며 헤어졌지만, 고향을 찾을 때마다 저는 그의 집을 들렀습니다. 그는 가정 형편상 상경하여 낮에는 일하고 야간고등학교에 다니기에 제가 들를 때마다 거의 만나지 못했지만, 저는 그의 어머니에게 인사를 빠트리지 않았습니다.

또 하나는 중학교 입학 직후의 일입니다. 중학교는 초등학교와 다르게 키 순서로 50여 명의 남학생만으로 짝이 되었습니다. 중학교는 1인용 책걸상을 한 조로 주었지만, 두 명씩 붙여서 앉았는데 저는 11번이었습니다. 제 짝 12번은 본향이 다른 같은 성씨였는데 저와는 성격이 전혀 달랐습니다. 그 애는 초등학교 때 웅변대회에서 상을 받기도 하고 사교성도 뛰어났습니다.

3월 초에 점심을 먹다 시비가 일었습니다. 교실 앞쪽으로 나간 제 짝은 집게손가락을 구부렸다 펴기를 반복하며 저를 나오라고 깐족거렸습니다. 게다가 주위의 또래들이 "싸워 봐! 싸워 봐!" 하며 싸움을 부추겼습니다.

저는 초등학교에서 홀로 중학교에 진학했기에 불리했습

니다. 오히려 그보다는 친구의 유무와 관계없이 싸움할 줄을 몰랐기에 당황했습니다. 하지만 선택의 여지가 없기에 앞으로 나갔습니다. 교탁 근처에서 기다리던 녀석은 제가 앞으로 나가자마자 껑충 뛰며 박치기를 해 왔습니다. 엉겁결에 피하며 저도 모르게 주먹을 딱 한 번 휘둘렀는데 그 녀석 턱을 맞추고 말았습니다. 앞으로 고꾸라졌던 녀석이 잠시 후 일어서는데 입안에서 턱으로 피가 줄줄 흘렀습니다. 입을 벌리고 손으로 입안을 더듬거리던 녀석은 뚝 소리를 내며 부러진 이를 꺼내 들었습니다. 이가 비싸다는 걸 알고 있었던 저는 그걸 보자마자 아찔했습니다.

오후 수업 내내 선생님 말씀은 하나도 귀에 들어오지 않았습니다. 부러진 이를 어떻게 해결해야 할지 아무리 생각해도 답이 나오지 않았습니다. 담임 선생님 종례가 끝나고 청소 시간이었습니다. 그 녀석이 제게 다가오더니 "라면땅 두 봉지 사 줘! 그러면 엄마한테 이르지 않을게." 하는 것이었습니다. 저는 알았다며 즉시 교내매점으로 달려갔습니다. 라면땅 두 봉지를 그 녀석 손에 쥐여 주며 강하게 다짐받았습니다. "너 엄마한테 절대 말하지 말아! 알았지!"

초등학교 짝은 너무 무지한 나머지 서로에게 좋은 기억 대신 그저 데면데면하거나 안타까운 장면만 떠오릅니다.

반면에 중학교 짝은 극과 극의 추억을 돌아보게 됩니다. 처음이자 마지막인 주먹질 싸움은 짝의 이를 부러뜨린 만큼 도저히 잊을 수가 없습니다. 이와 달리 지금도 평생 친구로 만나는 짝은 제 인생에서 너무나 고맙습니다. 그런 친구를 어디서 다시 만날 수 있을까요.

그땐 그랬지

중학교 입학 후 2년간은 이런저런 노동이 많았습니다. 중고등학교 병설이었는데 제가 중학교 입학하던 해에 농고가 인문계고로 바뀌었지만, 여전히 농고 흔적이 남아 있었습니다. 각종 농사 도구를 이용하여 실습실, 온실, 육묘장 등을 운영하고 있었습니다. 농고 2~3학년 학생 때문이지만 그와 관련된 일에 중학생까지 동원하는 것은 지금 생각해 봐도 아쉽습니다.

해마다 3월에는 30센티미터 길이에 손가락 굵기 정도의 미루나무 막대기를 20개씩 만들어 오라는 과제를 받았습니다. 저보다 한 학년 위인 하숙집 아들 및 그 친구들과 함께 주변 개울가를 오르내리며 마련한 막대기를 제출했습니다. 중·고등학교 재적생이 거의 1천여 명이었으니 실습 터에 2만 주 정도의 미루나무 묘목이 자랐겠지요. 3년간 6만 주 정도 되었을 텐데 심은 지 50년이 되어 가는 지금 얼마나 자랐을까 자못 궁금합니다.

6월 어느 날 학교가 요란했습니다. 남학생, 여학생 구분

없이 모두 주말에 베어 놓은 퇴비용 풀을 20킬로그램씩 짊어지고 등교했습니다. 교문에서부터 풀의 무게를 재고 쌓는 주변은 분주했습니다. 여학생들은 본인이 직접 짊어지고 오기도 했지만, 가족이 대신하기도 했습니다. 저는 하숙을 하는 처지라서 무엇이든 혼자 해야 하는 어려움이 있었습니다.

가을에는 아까시나무 씨를 받아 오라는 과제가 있었는데 이때는 하숙집 아저씨의 도움으로 해결했습니다. 아까시나무에 붙어 있는 씨를 훑어 내다 보면 가시에 찔리지 않을 수 없었습니다. 이어서 겨울을 앞두고는 난롯불 피우는 데 필요한 솔방울을 비료 포대에 가득 주워 담았던 기억도 납니다.

학교에서는 낡은 교사를 대신할 신축 건물이 완성될 무렵 낡은 교사가 있던 자리를 우묵하게 파냈습니다. 그러고는 체육 시간은 물론이고 오전 또는 오후 전체를 할애하여 돌을 주워 오도록 했습니다. 왕복 1,500미터 정도의 거리를 실내화 주머니에 커다란 돌을 담아 나르는 게 무척 고됐습니다. 너무 작거나 양이 부족하면 횟수를 기록하는 명렬표에 이름을 표시해 주지 않아 다시 다녀와야 했습니다. 나중에 보니 그곳에 테니스장이 들어섰습니다.

2학년 봄, 학교에서 운동장 주위를 가득 메웠던 아름드리

플라타너스를 모두 베었습니다. 여름이면 그늘이 그렇게 좋을 수가 없었는데 아쉬웠습니다. 그러고는 측백나무 묘목을 심는 것 또한 학생들 몫이었습니다. 그때 굴삭기가 있었으면 얼마나 좋았을까요.

2학년 여름 방학 즈음해서 학교 운동장에 덤프트럭 수십 대가 집결해 있었습니다. 그날은 책가방 대신 모두 삽을 한 자루씩 들고 등교했습니다. 전교생 모두 한 반씩 덤프트럭에 삽을 들고 올랐습니다. 영동고속도로가 흙으로만 그 모양을 갖춰 가고 있었는데 부분적으로 흙길이 미완성인 곳이 있었습니다. 중동 건설 특수 시절이라 인력이 부족하다 보니 건설사에서는 인근 학교 학생들을 동원했습니다. 우리 반은 평창 나들목 부근에서 작업했는데 점심이라고는 우유 하나, 빵 하나뿐이었습니다. 그걸 먹던 중 비가 쏟아지는 바람에 우물우물하며 다시 덤프트럭에 올랐습니다. 일하러 올 때처럼 희뿌연 흙먼지가 날리지는 않았지만, 우리는 덤프트럭에 실린 젖은 화물이 되었습니다. 콧물을 질질 흘리는 게 당연했습니다.

중학교 2학년 하반기부터 생겨난 일이 있습니다. 광복 30주년 기념행사 총격 사건 때문이었습니다. 그동안 수업 시작 직전에 "반공!"이라고 하던 인사가 "멸공!"으로 바뀌었습니다. 이것뿐이 아닙니다. 고등학교 학생회는 학도호국 단으로 바뀌며 병영화되었습니다. 이에 따라 조회 때마다 군부대처럼 열병식을 하는 데 중학생까지 끌어들였습니다. 코흘리개를 면한 중학생을 열병식에 참여시키려니 제식훈련이 필요했습니다. 체육 시간 제식훈련으로 모자라다 보니 담임 선생님 주도하에 방과 후까지 운동장 여기저기에서 "우로 봐!" "멸공!" 소리로 시끄러웠습니다.

이러한 것들 말고도 힘들지는 않았지만, 짜증이 나는 게 있었습니다. 거의 매달 바뀌며 리본을 달았습니다. "불조심 강조기간", "봄맞이대청소기간" 등 기억하기조차 힘들 만큼 여러 종류의 리본을 교복 왼쪽 가슴에 자주 달고 다녀야 했습니다. 교문을 지키는 선도부는 리본이 구겨졌다, 모자가 비뚤어졌다, 교복 훅이 안 걸렸다, 거수경례가 어떠하다는 식으로 끊임없이 깐족거렸습니다. 이게 끝이 아닙니다. 점심시간이면 선도부는 식사 후에 나가 놀지도 못하게 하고는 온갖 트집으로 선생님처럼 몽둥이를 휘둘렀습니다. 때로는 방과 후에도 그랬습니다.

그 시절 에피소드일 수도 있지만, 그냥 넘기기 어렵습니다. 학생이 학업에 전념하도록 하는 게 아니라 온갖 다른 일에 얽매이게 하는 모습이어서 진한 서글픔이 밀려옵니다.

그때는 그럴 수밖에 없었다는 변명도 곤란합니다. 자칫 잘못하면 그와 유사한 일이 계속 반복되기 때문입니다. 그래서 민주화가 필요합니다.

막일

    흔히 현장에서 노가다라 불리는 막일은 일용직 근로자의 생명줄과 같습니다. 한겨울에 새벽부터 인력사무소 앞에서 기다리다 한낮이 되도록 끝내 일을 얻지 못하고 돌아서는 사람들의 심정을 헤아리다 보면 가슴이 먹먹해집니다. 제가 고3 때 아버지도 그랬습니다. 일을 꽤 오래 할 수 있는 듯해서 일터 가까이 이사를 했는데 한 달도 못 되어 해고되는 아픔을 수시로 겪었습니다. 그 기억이 남아 있었기 때문인지 막일을 해 보고 싶었습니다.

    대학 입학 후, 한 달도 못 되어 대학가는 민주화 운동으로 요란했습니다. 중간고사가 연기되고 5월부터는 휴교령이 내렸습니다. 저는 하숙집에서 친구와 함께 길을 나섰습니다. 막일을 구하기 위해 공사판을 이곳저곳 기웃거렸지만 일을 찾지 못했습니다. 그러던 차에 하숙집 아저씨 회사에서 시공하는 태양열 주택 공사장 일자리를 얻었습니다.

    주로 질통으로 흙, 모래, 자갈 등을 져 나르는 일을 했는데 2층 옥상까지 오르는 일은 가끔 다리가 후들거리기도 했습니다. 어느 날은 진흙을 퍼다 버리는데 물기를 머금은 탓인지 무게가 상당했습니다. 그날 등에 상처가 나는 바람에 바로 누울 수가 없어 엎드리다시피 하며 칼잠을 자기도 했습니다.

어느 날 피곤한 나머지 아침 식사도 잊은 채 잠든 저는 작업반장이 문을 두드릴 때까지 깨어나지 못했습니다. 하숙집 방문을 열고 저를 깨우던 작업반장이 갑자기 "죄송합니다! 죄송합니다!"를 거듭하며 문을 닫고 사라졌습니다. 저는 서둘러 식사하고 공사장에 도착하여 작업반장에게 늦어서 죄송하다고 했습니다. 그러자 그는 자신이 더 미안하게 되었다며 연신 굽실거렸습니다. 영문을 모르는 제가 자초지종을 물었더니 제가 여자와 자고 있는데 아무런 생각 없이 방문을 열었다며 그만 난처하게 되었다는 것입니다. 그 말이 끝나기도 전에 저는 그냥 빵 터졌습니다.

한참을 웃다 제가 말했습니다. 저는 친구와 방을 같이 쓰는데 그 친구가 장발족이라 여자로 본 모양인데 사실과 다르다고 해명했습니다. 그러자 주위에 있던 다른 인부들이 합세하여 "대학생은 여자와 자도 괜찮다!"는 것입니다. 졸지에 저는 여자와 동침한 것으로 되었습니다. 함께 일하는 친구도 키득거리며 저를 변호해 줄 생각이 없는 듯했습니다. 그 친구는 같은 하숙집이지만 다른 방을 쓰고 있기에 그저 모르겠다는 말만 되풀이했습니다.

점심시간이 될 무렵 한방을 쓰는 그 장발족 친구가 저를 찾아왔습니다. 제가 막일을 한다니 궁금했던 모양입니다. 저는 너무나 반가워 머리가 길고 얼굴이 곱상한 그 친구를 흙 묻은 손으로 덥석 잡아끌고 작업반장에게 갔습니다. "얘 예요! 얘라니까요!" 머쓱한 작업반장은 "머리가 참 길구먼." 하고는 먼발치를 바라봤습니다.

우리는 그렇게 두 달여를 일했습니다. 일당은 5천 원이 었는데, 힘든 일을 하는 날은 7천 원으로 계산해서 10여만 원을 벌었습니다. 우리는 그 돈으로 무얼 할까를 고민했습니다. 음악을 즐기던 친구는 큼직한 카세트 오디오를 샀습니다. 저는 이미 누나가 선물해 준 카세트 오디오가 있었기에 간단한 속옷만 가방에 챙겨 넣고 여행을 떠났습니다.

강원도 사촌 누님 댁으로 갔습니다. 누님은 말이 누님이지 엄마 같은 분입니다. 저는 어려서부터 누님 댁을 아무 때나 제집 드나들 듯했습니다. 게다가 저와 동갑내기 조카가 있어서 더 그랬습니다. 며칠이 꿈같이 흘러갔습니다. 고요한 시골 냄새가 너무 좋았습니다.

그런데 누님 댁에서 며칠을 머무르는 동안 갑자기 아버

지 생각이 나서 여행 계획을 취소했습니다. 다음 날 바로 아버지가 계신 부산으로 갔습니다. 아버지는 여전히 막일을 하고 있었습니다. 저는 아버지에게 막일을 그만두라는 말이 나오지 않았습니다. 대신 제가 번 몇만 원을 막걸리 한잔 하시라며 아버지 바지 주머니에 집어넣었습니다. 왜 저는 막일 일당을 받자마자 아버지에게 간다는 생각을 못 했을까요. 돈을 한참 쓰다가 겨우 아버지를 떠올렸습니다. 어리석은 철부지였다는 생각에 그만 훌쩍이고 말았습니다.

자취

요즈음도 자취라는 말을 쓰는지 모르겠습니다. 자취란 손수 밥을 지어 먹고 생활하는 것을 말하는데 신세대들은 잘 모를 겁니다. 음식을 주문해서 먹는 게 자연스러운 그들에게는 스스로 식사 준비를 한다는 게 웬 말이냐고 할지도 모릅니다.

대학 1학년 가을이었습니다. 함께 하숙하던 세 친구가 모두 떠나는 걸 보며 저 혼자 하숙할 수는 없었습니다. 바로 방을 구하러 나섰습니다. 월세를 아껴야 했기에 시골 마을 같은 한적한 동네를 찾아 허름한 방을 얻었습니다. 월세는 1만 5천 원이었는데, 그때는 계약서도 없었습니다.

그다음 날 바로 부산에 사는 엄마에게 갔습니다. 엄마는 쓰던 전기밥솥을 보자기에 싸며 취사도구들을 챙겨 놓고는 걱정이 이만저만이 아니었습니다. 연탄불 관리뿐만 아니라 밥을 제대로 해 먹을 수 있을까 등등 좌불안석일 수밖에 없었습니다. 저는 걱정하지 마시라며 큰소리쳤지만, 자취방에 돌아온 저는 난감했습니다. 대학생이 되도록 라면 한 번

끓여 본 적이 없었던 저는 쌀을 씻고 일어서 돌을 골라내고 물을 맞추고 하는 게 낯설었습니다.

하숙할 때는 그저 빨래만 하면 되었는데 이젠 연탄불 꺼트리지 않는 게 과제였습니다. 풍로가 있었더라면 좋았을 텐데 그러지 못했습니다. 겨울에 연탄불이 꺼져 냉골을 경험한 사람은 압니다. 발이 시린 건 참아 낼 만합니다. 그런데 입에서 입김이 솔솔 나오며 손이 곱아 연필을 쥘 수가 없을 때는 난감합니다.

어느 날 복학생 형과 친구가 찾아왔습니다. 저 혼자 자취하는 걸 격려하러 왔습니다. 거나하게 취한 그들은 술과 안주를 들고 제 방문을 두드렸습니다. 반가웠습니다. 특히 복학생 형은 입학 직후부터 낯선 곳에서 잘 버티도록 큰 도움을 준 분이었습니다. 친구 또한 더 말할 게 없을 정도로 제가 할 일도 자기 일처럼 해 주는 또 다른 나였습니다.

가지고 온 술이 모자라 제가 구멍가게에서 사 온 술을 밤늦도록 마시고는 잠자리에 누웠지만, 문제가 있었습니다. 방이 비좁은 것보다 이불이 하나뿐이었습니다. 할 수 없이 복학생 형을 가운데 두고 친구와 나는 양쪽에서 잠들었습니다. 추운 날씨에 작은 이불을 셋이 덮으려니 오죽했겠습니까. 아침에 일어나자마자 형 푸념이 쏟아졌습니다. "비썩

마른 놈들이 양쪽에서 눌러 대는 게 꼭 뼈다귀로 찌르는 줄 알았어!"

그다음 해부터는 고등학교 때 같은 반이었던 친구와 자취하게 되었습니다. 어느 날 동해에 사시는 친구 아버지가 먹거리를 잔뜩 가지고 오셨습니다. 함께 식사하고 잠들었는데 다음 날 아침에 둘이 살기에는 너무 좁다고 하시기에 바로 이사했습니다.

친구와 함께 사니 좋았습니다. 아침밥은 친구가 짓고 저녁밥은 제가 마련하는 식으로 식사 준비를 나누었습니다. 게다가 워낙 착실한 친구였기에 살림 또한 알뜰했습니다. 친구는 가계부까지도 철저하게 작성했습니다. 주인집 아주머니는 제가 신랑 같고 친구는 신부 같다며 놀렸습니다.

그런데 이 집은 재래식 슬레이트 지붕에 블록을 쌓은 집이었는데 외벽을 회반죽으로 바르지 않아 장마철과 겨울이면 습기가 심했습니다. 주인에게 외벽을 수리하고 방을 다시 도배해 달라고 여러 번 요청했지만 모두 불발되었습니다.

지하수 펌프가 시원찮을 때는 물을 옆집에서 얻어다 먹기도 했습니다. 그러다 마침내 펌프가 완전히 고장 났습니다. 집주인이 땅을 깊게 파고 지하수 펌프 설치 공사하는 걸 돕는답시고 저와 친구는 무려 두 주일 이상을 무료 봉사로 일을 해 주며 거들었지만, 소득이 없었습니다.

제가 졸업을 두 달 앞두고 이사한 결정적인 동기는 바로 방 도배 때문이었습니다. 여름부터 방 벽이 습기로 썩어 들어가며 퀴퀴한 냄새를 견디기 어려웠습니다. 일을 도우며 제안했습니다. 일이 끝나면 방 도배나 해 달라고 말입니다. 일을 시작하기 전에는 긍정적이었는데 일이 끝나자 언제 그랬느냐는 태도를 보며 배신감이 일었습니다.

우리는 이사 갈 테니 전세금을 달라고 하자, 건달 아들은 방부터 빼라고 했습니다. 몇 차례 실랑이를 벌이다 이사부터 할 요량으로 방을 찾기 시작했습니다. 마침 건너편 방에 혼자 사시던 독실한 가톨릭 신자이신 할머니가 몰래 방을 구해 주셨습니다. 그런 연유로 저는 4학년 겨울 방학을 두 달 앞두고 이사했습니다. 친구는 재수했기에 앞으로 1년 더 살 것을 고려한 결정이었습니다.

주인집은 원래 할머니, 할아버지 소유이고 그 아들, 며느리가 함께 살았습니다. 그런데 그 아들은 일정한 직업이 없는 건달이었습니다. 수시로 아내를 구타했습니다. 그럴 때마다 네 살배기 아들이 자지러지도록 울어 댔지만 소용없었습니다. 아내 구타는 습관 같아 보였습니다.

그 집은 살던 중에 월세 2만 원에서 전세 50만 원으로 전

환했는데 제 몫 전세금 25만 원은 누나가 마련해 주었습니다. 이사한 다음에도 한동안 전세금을 돌려받지 못해 애를 태웠습니다. 술에 취한 어느 날 그 집을 찾아가 주정도 했습니다. 앞으로 한 달 내에 전세금을 돌려주지 않으면 고발하겠다고 말입니다. 결국 해가 바뀌고 나서 뒤늦게 돌려받았습니다.

대학 졸업을 앞두고 짐을 챙겨 다시 부산 엄마 집으로 돌아갔을 때 엄마가 저를 보자마자 한마디 했습니다. "그래, 어떻게 해 먹고 공부했니?" 그리고 한마디 더 했습니다. "누나가 시집갔지만, 전세금 돌려받거든 누나한테 돌려줘야 한다! 그건 누나 돈이란다." 그런데 돌려받은 전세금을 제가 쓰지는 않았지만, 그렇다고 누나에게 돌려주지도 못했습니다.

이제 나이가 들어 밥을 지을 때마다 대학 시절 자취하던 추억이 새록새록 떠오릅니다. 장날이면 시장에 나가 장을 보고 돌아와 식재료를 다듬고 정리한 후 밥을 짓고 친구와 함께 맛나게 먹던 기억이 또렷합니다. 돈이 부족해 쩔쩔매던 학창 시절이야 누군들 없었으랴만 그래도 알뜰한 친구를 만나 살림을 제대로 했던 것 같아 흐뭇합니다.

그리움

가족이 닮는다는 사실에 이의를 제기할 사람이 있을까요. 병원에서는 가족의 병력까지도 확인합니다. 가족의 중요성을 다시금 되새기게 됩니다. 그 가족이 있는 곳이 바로 고향이지요. 도시화가 더욱 심해지는 요즈음 고향의 의미가 많이 퇴색되고 있지만, 아직도 많은 사람이 고향을 그리워합니다. 수구초심이라는 말은 여전히 살아 있다고 생각합니다. 그 고향이 그립지 않을 사람이 과연 몇이나 되겠습니까.

어렸을 때 소가 새끼 낳는 것을 종종 보았습니다. 소가 새끼를 낳는 모습이 신기했지만 자랄수록 어미 소를 닮아가는 모습도 여간 신기한 게 아니었습니다.

제가 송아지를 보며 부르던 동요를 두 딸이 유치원 다니며 불렀습니다. 다행히 두 딸은 제가 어릴 때 드나들던 친척 집을 찾아갈 때마다 송아지와 만나며 가까워질 수 있었습니다. 그러니 송아지 콧등을 만져 보기도 하고 폴짝폴짝 뛰는 모습을 보며 송아지 그림도 그릴 수 있었습니다.

두 딸의 그림을 보며 고향을 잃어버린 아쉬움이 다시 올라왔습니다. 두 딸의 송아지 그림을 하염없이 바라보았습니다. 고향, 그곳은 그 무엇으로도 대체할 수 없습니다. 꿈에 나타날 정도로 간절한 고향에 대한 향수는 나이를 먹을수록 더욱 심해졌습니다. 가끔 고향을 가볍게 생각하는 친구들을 봤습니다. 그런데 저는 전혀 그렇지 않았습니다. 오히려 잊으려 하면 할수록 더욱 그리워졌습니다.

거의 100년 전에 발표된 정지용 시인의 「향수」를 소리 내어 읽다 보니 그리운 고향이 스멀스멀 올라왔습니다. 「향수」는 많은 사람의 가슴속에 오래도록 살아 있을 것입니다. 성악가와 대중가요 가수가 함께 부른 노래도 마찬가지입니다. 시 한 편이 그리고 노래 한 곡이 어떻게 우리 마음을 움직일 수 있을까를 생각해 봤습니다.

노래를 불러 봤습니다. 노래를 부르다 눈물이 나는 바람에 다 부르지 못했습니다. 제게 고향은 그런 곳입니다. 어떤 친구는 부모님이 세상을 떠나며 고향이고 뭐고 없다고 말하는데 저는 그렇지 않았습니다. 제게 나타나는 그리움을 친구는 이해하지 못하는 것 같습니다.

누구나 무엇에든 그리운 마음을 가질 수 있고 생겨날 수 있습니다. 그중 하나가 바로 고향에 대한 그리움입니다. 아버지가 뼈를 묻고 싶어 했던 곳이어서 그리운가요, 아니면 아버지 혼이 그곳에 머문다고 생각해서 그리운가요. 제 잔뼈가 굵어진 곳이라 그리운가요. 사라진 고향이라 그리운가요, 그도 아니면 모두 다인가요.

두 딸이 태어난 곳은 서울입니다. 태어나서부터 계속 가족과 함께 사는 두 딸의 고향입니다. 유학을 떠났던 두 딸도 고향에 대한 향수가 있었을까요. 있다면 그 향수는 어느 정도였을까요. 저처럼 눈만 감으면 떠올랐을까요. 아니면 꿈에도 나타났을까요. 적당한 때가 되면 두 딸에게 물어보고 싶습니다.

맺는 말

어렸을 때 가수 오기택의 「고향 무정」이라는 노래를 들었지만, 별다른 감흥이 없었습니다. 산골짜기에 왜 물이 마르고 아버지로부터 배운 한자로 문전옥답을 알았지만, 잡초에 묻힌 까닭을 이해하지 못했습니다. 구구절절 꼭 맞는 노래를 다시 들어 봤습니다.

고향의 상전벽해를 마주하며 온갖 생각으로 어지럽습니다. 마을 전체가 사라졌고 제가 살던 집 역시 마찬가지였습니다. 나무와 풀들이 우거진 틈새에서 어릴 적 추억을 한 조각이나마 건져 보려는 욕심을 냈습니다. 폐허가 된 지 무려 50년이 되어 가는 곳에서 무얼 건질 수 있겠습니까. 그런데도 이곳저곳을 기웃거렸습니다.

끊임없이 누군가가 지나갔을 오솔길은 희미하게 남았지만, 온 가족의 갈증을 씻어 주던 우물은 흔적조차 없습니다. 땅속의 물도 땅 위와 마찬가지로 높은 데서 낮은 데로 흐르지만, 그 방향은 나무뿌리 또는 쥐와 두더지 때문에 바뀌기도 합니다. 주로 개울물을 퍼다 먹었지만, 우물물도 함께 먹었습니다. 장마철의 흙탕물을 피하고 한여름과 한겨울에는 우물 근처에 김이 서릴 정도로 시원했던 샘물의 맛을 잊을 수가 없습니다.

동남향 기와집의 흔적은 겨우 깨진 기와 몇 장에 삭고 삭은 쇠붙이 몇 조각뿐이었습니다. 당시 시골집으로서는 그리 작지 않은 열댓 칸이나 됐지만, 빈터에 올라 보니 너무 작아 보입니다. 부엌에서 시작하여 할아버지, 부모님, 누나가 쓰던 방 그리고 맨 끝의 사랑방까지 디뎌 보았습니다. 앞쪽으로는 마루, 봉당 그리고 소 외양간이 있었습니다. 한때 19마리나 되는 소를 감당하기 어려워 아버지에게 소를 팔자고 보채기도 했습니다.

사랑방은 여러 사람이 스쳐 갔습니다. 가족과 다를 바 없이 함께 살았던 머슴들이 떠올랐습니다. 인제군 기린면에서 온 형 나이의 상호 형, 인제군 남면 신풍리에서 온 승환 형, 평안도 사투리를 쓰는 부지런한 벌목꾼, 수배 중인 대학생 등 여럿이 있었습니다.

아버지는 거의 무조건 사람을 받아들였습니다. 엄마는 아버지가 손이 고운 사람조차 들여놓는 것을 반대하다 물러서기도 했습니다. 어떨 때는 한나절 만에 보내면서도 노잣돈을 내어 주는 것을 봤습니다.

나중에 알았지만, 수배 중인 대학생들은 보통 몇 개월씩 머무르다 떠나곤 했습니다. 그 형들에게 아버지 담배를 훔쳐다 주며 서울이라는 세계를 들을 수 있었습니다. 게다가 영어도 배우고 팝송 「뷰티풀 선데이」도 배웠습니다. 그런데 도저히 이해할 수 없는 것이 있었습니다. 두 개의 수도꼭지에서 찬물과 더운물이 콸콸 쏟아진다는 이야기를 들었습니다. 한여름에 얼음이 나온다는 냉장고도 그랬습니다. 문화 충격이 엄청났습니다.

마당 역시 풀과 잡목이 우거져 매끈했던 옛 모습은 제 기억에만 있을 뿐입니다. 여름밤에 온 가족이 모여 앉아 이야기를 나누던 너래 반석은 변함이 없습니다. 별빛을 가로질러 나타났다 사라지던 반딧불이도 생각났습니다. 등을 대고 누워 눈을 감고 상념에 젖어 보았습니다. 개울가에 그늘을 드리우던 다릅나무, 느릅나무는 그루터기가 삭아 떨어지는 걸 보니 아마 오래전에 베인 것 같습니다.

아버지의 흔적도 남아 있습니다. 물이 고이도록 굵은 바윗덩이로 쌓아 만든 보가 조금도 흐트러지지 않고 자리를 지키고 있습니다. 개울 건너편 밭 귀퉁이에 있던 디딜방아의 우묵한 돌확도 여전합니다. 아버지는 아랫마을에서 석수장이 홍 씨 아저씨를 모셔 왔습니다. 10여 명이 누워도 될 만큼 널찍했던 너래 반석 한가운데를 일주일간 우묵하게 파낸 흔적이 진흙과 빗물로 가득합니다. 산골에서 유일한 디딜방아였지요. 명절이면 동네 아주머니들이 몰려와 서로 곡식을 빻아 주며 주고받는 얘기들이 풍성한 만남의 장소이기도 했습니다.

이곳저곳 서성거리다 꼴지게에 깔려 허둥대던 곳을 가 봤습니다. 집터와 너무 가깝습니다. 꼴지게를 지고 그토록 멀어 보이던 곳이 고작 수십 미터에 불과해 보이니 말입니다. 하긴 열 살 무렵의 눈과 환갑이 지난 눈이 같을 수는 없겠지요. 물이 고일 정도로 우묵했던 웅덩이는 온데간데없습니다.

뒷산에 올라 내려다보았지만, 무성한 나무에 가려진 좁은 들판은 전혀 보이지 않았습니다. 다시 앞산으로 갔지만 마찬가지였습니다. 어쩌면 안 보이는 게 나을 듯합니다. 보이지 않는 것을 보려고 발뒤꿈치를 들지는 않았습니다. 마음속에 간직하라는 뜻으로 받아들였습니다. 그냥 눈을 감고 한동안 서 있었습니다.

가수 남상규가 부른 「고향의 강」이라는 노래가 있습니다. "눈감으면 떠오르는……"으로 시작하는 노래입니다. 혼자 흥얼거려 봤지만, 역시 눈물이 나는 바람에 다 부르지 못했

습니다. 고향의 그리움을 이보다 더 절절하게 드러낸 노래
는 없을 것 같습니다. 잠자리에 들 때마다, 빨리 잠들고 싶
을 때마다 더욱 또렷하게 떠오르는 게 고향이었습니다. 고
향의 파노라마를 거의 매일 만났습니다. 이젠 잊을 만도 한
데 말입니다. 그런데도 고향은 여전히 무정했습니다.